集英社オレンジ文庫

異世界温泉郷

あやかし湯屋の誘拐事件

高山ちあき

本書は書き下ろしです。

もくじ

ayakashi yuya no
yukaijiken

イラスト／細居美恵子

異世界温泉郷

あやかし湯屋の誘拐事件

ayakashi
yuya no
yukaijiken

第一章　ふたたび温泉郷へ

1.

七月も半ばにさしかかり、そろそろ梅雨《つゆ》も明けるというころ。

蒼井凜子《あおいりんこ》は箱根湯元《はこねゆもと》の温泉に来ていた。

昼過ぎにゆっくり東京を出て、新幹線と私鉄に揺られ、宿には三時過ぎに到着した。夕食まではまだまだ時間があるし、日没前の景色も楽しみたいので、早々に露天風呂に浸かったところだ。

「あ〜いいお湯。極楽だわ」

湯水に蕩《とろ》けてしまうような心地よい湯加減を味わいながら、凜子はつぶやく。

湯坂山《ゆさかやま》の中腹に建つ閑静《かんせい》な温泉宿で、石造りの露天風呂からは、箱根の広大な森林を見渡すことができる。

まだ日が沈む前から湯に浸かるなんて贅沢《ぜいたく》の極《きわ》みだ。頭上を仰《あお》ぐと、若葉が陽の光に照り映えて、みずみずしい艶《つや》を放っている。

「この独泉状態がまた最高……」

客はだれもおらず、凜子だけの貸し切り状態なので、人の目を気にせずのびのびと手足を伸ばして寛《くつろ》ぐことができる。ひとりきり、小鳥のさえずりを聞きながら静かに山の中の湯に浸かっていると、自然の緑に抱かれているような感じがして気持ちいい。が、

「もうちょっと大人しくしようよ」

凜子は、肩先から湯に向かって飛び込んでいる白い小さな狐のような生き物たちを両手で集めながらぼやいた。それらは「温泉入ルヨ、温泉入ルヨ」と嬉しそうにはしゃぎながら順番に湯水に飛び込むので、絶えずぽちゃん、ぽちゃんと小さな水音がたって落ち着きがない。

体長十センチほどのこの生き物は、意図して姿を現さない限りはふつうの人には見えない存在――妖《あやかし》である。

この妖は、実は犬神鼠《いぬがみねずみ》だったのだが、凜子は幼いころからずっと狐の妖であるオサキと思い込んでいたので、そのままオサキと呼んでいる。ひとりぼっちのときの話し相手や癒《いや》しになってくれる秘密の友達みたいなものだ。

凜子は今年の春、桜の散りはじめたころにも、ここ箱根にいた。

奥出雲《おくいずも》に温泉旅行に行ったはずが、妖に攫《さら》われて異世界に連れていかれ、七日間を過ごしたのちに戻ってきたのがこの土地だったからだ。

妖に連れていかれたのは黄泉《よみ》の国の玄関口――黄泉平坂《よもつひらさか》にある妖たちの温泉郷だった。凛子をそこに攫ったのは、十年前に凛子が紐《ひも》をほどいて助けた狗神《いぬがみ》という妖だ。湯水に引き込まれて意識を失い、気づいたらその狗神・京之介《きょうのすけ》の花嫁になっていた。彼は温泉郷内の四大湯屋のひとつ〈高天原《たかまがはら》〉の三代目当主だった。妖たちにとって、人間は弱く脆《もろ》い底辺の種族である。だから妻に娶《めと》って幸せにしてやることで、助けてもらった恩を返すのだという。

納得のいかない凛子は当然、離縁《りえん》を申し出た。

しかし、京之介に応じる気配はなし。

狗神と正式に離縁する方法はたったひとつ。四〇両（およそ三二〇万円）の手切れ金を支払えばいいというので、彼の営む湯屋で働きはじめたところ、ひと騒動あって、なぜか人間界に帰してもらえたのだった。

京之介の真意は今もわからないままだけれど、きっと凛子が人間界に帰りたがったから折れてくれたのだろうと思う。

人間界に戻ってきてからは、すぐに就職先が見つかって、現在はハーブ専門店で働いている。ハーブやそれに関する商品を取り扱っているお店の販売員だ。

十歳のときに亡くなった母がハーブ好きだったので、その影響で凛子も薬草全般に詳しくなり、仕事もそれにかかわるものを選んだ。

もうじき三か月ほどになるが、職場環境にはとくにこれといった大きな不満も問題もないので、しばらく続けて働けそうだなと思っているところだ。

凛子は湯水に浸かっている左の手首を見た。

そこには狗神の嚙《か》み痕が残っている。目印だと言って、十年前に京之介がつけていったもので、凛子はその日を境に妖たちが見えるようになってしまった。

こっちに戻ってからしばらくは妖を見かけなかったのが、ハーブ専門店に就職が決まった七日目にオサキたちが現れて、また見えるようになった。

オサキ（正確には犬神鼠）は京之介の使い魔だ。彼はオサキたちを通じて凛子の動向を知ることができるのだという。となると、自分はまだ彼に間接的に監視されているのだろうか。

オサキたちも、

「オ凛、里帰リシテルヨ」

凛子が嚙み痕を見るたびに、この言葉を発するのだ。

「ちがうよ、私は京之介さんとは別れて、こっちに帰ってきたんだよ」

「里帰リシテルヨ。ダッテオ凛、〈成婚の杯〉飲ンダヨ」

湯水からぴょこと顔を出した別のオサキも嬉しそうに言う。

〈成婚の杯〉とは、妖たちが夫婦になる際に酌《く》み交わす祝い酒のことだ。黄泉の国の決まり事で、それを飲んだ者同士は久遠《くおん》の契《ちぎ》りで固く結ばれ、裏切れば、酒の成分がたちまち魑魅魍魎《ちみもうりょう》に変わり、臓腑《ぞうふ》を食いつくされることになるのだという。

凛子は温泉郷に連れていかれたとき、狗神との婚儀の際にそれを知らずに飲んでしまった。酒の成分が体に合わず、婚礼そのものの記憶がなくなってしまったのだが――。

「でもあれからなにも起きてないんだよね。魑魅魍魎なんか出てこないし」

凛子が言うと、

「ナイナイ」

「出ナイ出ナイ」

湯潜りをして遊んでいたオサキたちも適当に合槌《あいづち》をうってくれる。こんな調子でオサキの言うことは支離滅裂《しりめつれつ》で、アテになったりならなかったりする。だから〈成婚の杯〉に関しては、凛子をあの地に留めるための方便にすぎず、こっちに帰ってきた時点で離縁は成立したものだと考えている。

あの温泉郷のことが気にならないわけではないけれど、新しい職場にも慣れてきたところなので、このまま何事も起きず、平穏に過ぎていけばいいなと思うのだ。

と、湯水に顎先《あごさき》まで浸かりながらあれこれ考えたところで、からりと出入口の引き戸が開く音がした。

大浴場からだれかが出てきたようだ。三匹のオサキが凛子の肩先にきれいにならんでそちらを見やる。妖はふつうの人間には見えないので放っておいた。

その客は、ひたひたと足音を立ててやってくる。

風呂の床というのは滑りやすいもので、露天風呂ともなると、裸で野外という無防備な状態なのもあってなおさら慎重に歩くものだが、その客は実に堂々とした足取りだった。

凛子が居場所を変えるついでになにげなくふり返ると、すらりと背丈のある色白の若い娘が湯船に向かってきている。

なにこの美少女、と思わず二度見したくなったが、見ず知らずのうえに裸の相手をじろじろ見るのも気が引けるので、すいとそのへんの岩肌に目を移した。

からだも温まったのでそろそろ上がろうかと思っていたところで、となりにその美少女がやってきて、ちゃぷんと長い脛《すね》が湯水に浸かるのが視界に入った。

「その後、どうだ？」

とつぜん横から澄んだ声で話しかけられて、凛子は目をみひらいた。

見ると、目鼻立ちの整った華やかなその娘がこちらを見下ろしている。見覚えのある顔だ。どことなく魔性を秘めたような、蠱惑《こわく》的な感じのするこのまなざし。どこかで会ったことがあるのだが、思い出せない。

「えっと……あなたは……」

どちらさまでしたっけ、とまぶしいほどの美貌《びぼう》にどきどきしながら問い返すと、

「わかんねーの？　卯月《うづき》だよ」

娘はにっと笑いながら、ざばんと湯水に浸かった。

「卯月？」

凛子の中で、埋もれかけていた記憶が甦《よみがえ》る。温泉郷で薬屋を営んでいた九尾の狐がたしかそんな名だった。

言われてみれば、目の前の娘の華やかな面差《おもざ》しはあの卯月に似ている。

「もしかして薬屋の卯月？　……あんたいつのまに女になったの？」

凛子は湯に浸かった彼の胸元に視線を下ろしつつ、ぎょっとする。向こうで会ったときはまぎれもなく男だったのに、今日は出るところは出て、締まるところは締まった、モデル並みのプロポーションだ。

一方で、相手が卯月だと思うと急に恥ずかしくなって、凛子は両腕で自分の胸元を隠した。

「時と場合によりけりだな」

九尾の狐は、女に化けるのは十八番《おはこ》の妖である。

「おまえ、いつまで里帰りしてんだ？」

「里帰り？　私は離縁してこっちに帰ってきたんですけど」

「いやいや、おまえがあんまり帰りたがるから、ひとまず帰してやっただけだろ。それなのにおまえときたら三月《みつき》も帰ってこねえから、傷心の三代目は湯屋を放ったらかして、寂しさを紛《まぎ》らわすために甘味処《かんみどころ》に入り浸って御汁粉《おしるこ》を呷《あお》る日々だ」

「そういうときってふつうお酒を呷るんじゃ……」

そういえば京之介は極甘党だった。

「聞いて驚け、その挙句《あげく》に湯屋の客に噛みついてお縄になったんだ」

「えっ」

凛子は耳を疑った。湯屋の客に噛みつく？

「そう。で、おまえの手を借りたいから、早急に帰ってこいと番頭白峰《しらみね》からの伝言だ」

「どうして私の手を借りたいの？」

「知らねーよ。三代目を助けるためだろ。おまえを指名したのは三代目らしいよ」

卯月は、組んだ両手の中に溜めた湯水をぴゅうと飛ばして遊びだす。

「知らないって適当すぎ。そもそも京之介さんが湯屋を放ったらかすとか客を嚙むとか、ちょっと考えられないんだけど」

湯屋の評判が落ちるような愚かなマネをするとは思えない。

「オレも仕入れのためにちょうどこっちに来てたところで、八咫烏《やたがらす》が運んできた番頭からの手紙で知っただけだから真相はわからねえ。同封されてたかわら版では、でかでかと一面記事になってたけどな」

八咫烏は足が三本ある妖鳥だ。黄泉の国では伝令を務める伝書鳩《でんしょばと》みたいなものなのだという。

「なにかの事件に巻き込まれたのかな？」

「さあな。とにかく、三代目が郷奉行にしょっ引かれちまったのだけは事実なんだよ」

「それ以外はあんたの捏造《ねつぞう》なんだ」

甘味処に入り浸っているとかは嘘くさい。妖の言うことを真に受けてはいけないと教えてくれたのはこの九尾の狐だった。

「で、帰るのか、帰らないのかどっちなんだよ？」

ぴゅうと湯水を凛子の顔に飛ばしながら卯月が訊いてくる。

「そんなこといきなり言われても……」凛子は目元を拭《ぬぐ》いながら返す。「そもそも京之介さんは、これが里帰りだなんて一言も言ってなかったのよ？　去る者追わずな感じでいきなりこっちに帰して、いったいどういうつもりだったのかなって……」

無事にこっちに戻ってこられて、自分の中ではもう片付いたこととはいえ、ときどき気になって考えたものだ。

「さあ、オレも三代目じゃないからわからねえな。……まあ、あれだろうな。離縁する気は絶対にねーよ。でもおまえなんか実はどうでもよくて、さんざん放置して肥《こ》え太らせたところをガブリと喰うつもりか、もしくはおまえを必ずや骨抜きにして落とす自信があるから、あえて好きなだけ泳がせているかのどちらかだろ」

「なにそれどっちも怖い」

凛子が渋面《じゅうめん》をつくると、

「おまえ、渋ってる場合なのか、お凛？」

「ぎゃっ」

卯月がいきなり馴《な》れ馴《な》れしく肩を抱いてきたので、凛子はとびあがった。卯月はもともと中性的で不思議な雰囲気《ふんいき》の妖なのだが、女姿といえども元は男だし、なんといっても今は裸同士だ。

「おまえだって、ちっとは三代目のことを思い出して、寂しくなっちゃったりしたんだろ?」

卯月がにやにやしながら訊いてくる。

「べ、別に……」

凛子は色々とどぎまぎしながら返す。

「あ、でも、オサキにまた会えたのは嬉しかったんだよね」

凛子は目の前に泳いできたオサキを掬《すく》いあげて言った。

温泉郷から無事に戻ったとき、この子たちがいなくても、もうやっていけると思った。確かにその通りだったのだけれど、また現れてくれたときは、長いこと探していた失せ物を見つけたときみたいに嬉しくなって、思わずみんなを胸にかき集めてやわらかな体をぎゅうと抱きしめたものだ。あたたかな被毛《ひもう》はこれまでと変わりなく凛子を癒《いや》してくれた。

「そりゃ、ときどき京之介さんのことも思い出したよ。きれいな湯花を一緒に見たこととか、またいろいろ話しながら目玉の落雁《らくがん》を食べたいなとか……」

どうして何度も思い出したのだろう。

こうして口にしてみると懐かしくて、また会いたいなと思えてきたりもする。自分が応じないことで〈高天原〉が傾いたり、京之介が荒れたりするというのなら、なんとなく良心が痛んできたりして――。

「よし！　そんだけ未練がありゃ十分。帰るぞ、お凛」

言うなり肩を抱いていた卯月の腕に力がこもって、ぐっと彼の懐《ふところ》に引き寄せられた。

「ひゃあっ」

卯月の美乳に突っ伏す形になったが、彼はかまわず凛子を抱えて湯船の中央部に向かう。

顔をあげた凛子は目を疑った。そこは風も揺れもないのに、いつのまにか湯水がぐるぐると渦《うず》を巻きはじめているのだ。

「なんで……お湯が渦巻いて……」

全身の血がざわざわと騒ぎだして、寒いはずはないのに総毛立《そうけだ》ってくる。

でもこの光景を見たことがある。京之介が猫娘たちと自分を迎えに来た時とおなじ現象だ。

夢か。まぼろしか。小さな渦はみるみる大きくなり、石造りの露天風呂を揺り動かすかのごとく激しい渦になって、湯水はその中心部に向かってもの凄《すご》い勢いで吸い込まれていく。

「ちょ、ちょっとまってよ、卯月……っ」

「またねーよ、時間がねえ。もし行きそびれちまったら瘴気《しょうき》だらけの岩道を命削って半月も歩くことになるんだ。オレは全然平気だがおまえは間違いなくくたばるぜ」

「まってよ、だれもまだ向こうに行くって言ってないでしょうがっ」

凛子は焦って、卯月の腕の中でじたばたと暴れ出す。

「おいっ、おとなしくしてろって。ここが運よく繋《つな》がるってことは、おまえはそういう宿命《さだめ》になってるんだ。縁《えにし》の糸に逆らっても無駄だ、あきらめろ」

縁――あの温泉郷で何度も耳にした言葉だ。それは人と人を繋ぎ、運命を紡《つむ》ぐ糸のようなものなのだと。

「そんな……、せめて服くらい着させてよ！」

凛子は、強引に渦の中心部に向かう卯月の美乳をぎゅうと押し返して必死にもがく。

「おまえ、オレのほうがいい体してるからって僻《ひが》んでんじゃねえっ」

「僻んでないしっ」

「行くぜ。息は止めるが耳は澄ませて目も絶対に開けてろよ」

「そんなの無理……！」

卯月は凛子の抵抗など無視し、容赦《ようしゃ》ない力で凛子を抱き込んだまま、湯水に身を沈めた。

もの凄い水圧と無数の水泡。とても目など開けていられない。鼓膜の奥には、ずごごごごごおぉぉぉ……といつか聞いた濁流《だくりゅう》のうねるような水音が迫る。

黄泉の国の摩訶不思議な力には抗《あらが》えるはずもなく。

目を閉じてしまった凛子は異界へと繋がる湯水に呑《の》み込まれながら、あの春の夜とおなじように意識を失ったのだった。

2.

覚えているのは、細くたちのぼる湯けむり。

反り屋根の楼閣《ろうかく》や層塔がぽつりぽつりぽつりと点在して、その隙間《すきま》を埋めるように緑の木々がこんもりと生い茂っていた。

彼方《かなた》には山の稜線《りょうせん》が連なり、薄雲のかかった空には人の世にはいない妖鳥が飛んでいた。

そこは黄泉の国に繋がる道——黄泉平坂にある、源泉数七五〇〇、湧出量およそ三千万リットルを誇る巨大な温泉郷だ。郷内は山、河、海、谷の四つの区域に分けられ、いたるところに湯屋や宿屋がある。

各区域の中心部には飲食店や呉服屋、土産物屋《みやげものや》などが軒《のき》を連ねて温泉街を形成し、日暮れから明け方にかけて、妖や神獣などの八百万《やおよろず》の客が集《つど》って賑《にぎ》わう。

凛子が春先に連れていかれたのは、河の区にある老舗《しにせ》の湯屋〈高天原〉だった。

創業は九〇〇年前。中庭に自噴する大湯が、かつては神々が集った御神湯で、その湯守《ゆもり》を任された狗神《いぬがみ》が〈高天原〉の屋号を賜《たまわ》って湯屋を開いたのがはじまりだという。


気づくと、凛子は薄桃色の花柄の浴衣《ゆかた》を着せられ、布団に寝かされていた。

見覚えのある和室だった。湯屋の奉公人たちが起居する宿舎の一室で、以前、世話になった鈴梅《すずうめ》という鬼の娘の部屋だ。鈴梅は愛嬌《あいきょう》のある良い子で、凛子は温泉郷で過ごすあいだ、ずっと彼女と共にこの部屋で寝泊まりしていた。

窓の外から、やわらかな陽の光が差し込んでいる。

朝だ。

箱根温泉の露天風呂で卯月と押し問答をくりかえしていたところまでは覚えている。その後の記憶はないが、湯水に巻き込まれて意識を失い、ほんとうに温泉郷に来てしまったようだ。卯月と会ったのは日没前だったから、一晩寝ていたのだろう。

この温泉郷は、ふつう、生きた人間が自力で来ることはできない。卯月が言っていた通り、辿《たど》り着くまでの道のりが険しいためだ。

ただ、黄泉の国の入り口にあるせいで、死後、強い未練のある者が死にきれずに迷い込んでくることはしばしばあるという。また、凛子のように、生きたまま妖に強引に連れてこられる者などもいるようだ。

一旦来てしまえば、次に帰れるのはいつになるかわからない。

運が良ければこの前のように、すぐにどこかが人間界と繋がって帰れるかもしれないけれど、当分はこの湯屋で下働きをしながらチャンスを待つしかないだろう。

せっかく人間界で新しい職場にも馴染《なじ》んで、安定した日々が送れるようになってきたと思っていたところなのに。無断欠勤が続いた挙句《あげく》に音信不通となれば、間違いなくクビになってしまう。

凛子が現実の世界からすっぱりと切り離されてしまったような、なんともいえない心地でいると、

「あら、目が覚めたみたいよ、由良《ゆら》」

だれかが枕元にやってきて、団扇《うちわ》をゆっくりと煽《あお》ぎながら覗《のぞ》き込んできた。

鈴梅ではなかった。〈高天原〉のお仕着せである縹色《はなだいろ》の単衣《ひとえ》に白鼠《しろねず》色の帯を締めているが、黒い猫の耳に、鋭い金色の眼をした化け猫の娘だ。右下に小さな泣きぼくろがある。

「猫娘……？」

とっさにつぶやいてしまった。

「そう。紗良《さら》っていうの。そっちは姉の由良。よろしくね」

紗良と名乗った猫娘が、にこりと愛らしくほほえんだ。

見ると、反対側にもおなじ顔の猫娘がやってきていて、こちらを覗き込んでいた。

「もしかして、双子なの……？」

凜子は半身を起こしながら問う。あまりにも瓜《うり》ふたつなので、狐につままれたような気分になった。

「そうよ。私たちは春に会っているわ。覚えている？」

姉の由良のほうに問われる。

うろ覚えだが、春先に京之介が自分を攫《さら》いに来たとき、たしかに小奇麗《こぎれい》な猫娘がふたり同行していた。

凜子はやや身をこわばらせた。

「あなたたちが、私におかしな薬を飲ませたのだと聞いているわ」

婚礼の日、猫娘たちはひそかに、凜子が京之介に逆らうよう仕向けた薬を飲ませた。だが、薬屋の卯月が、その薬の中身をあらかじめ真逆の薬効——京之介にめろめろになる薬にすり替えていたためにつつがなく婚礼が成立し、夫婦になってしまったという経緯があるのだ。

「うふふ。そのことを謝りたいと思って、こうして目覚めるのを待っていたのよ。ごめんなさいね、お凛《こ》ちゃん」

妹の紗良が媚びるような仕草でそっと凛子の腕をつかみ、しおらしく謝ってくる。物腰がふわふわとした印象で声音《こわね》まで柔らかいので、甘ったるい砂糖菓子を思い出してしまう。

「薬は紗良が勝手に仕込んだのよ。私はやめなさいって言ったのに……。おかげで旦那様《だんなさま》に暇を出されたわ」

姉の由良は不満げに口の端を曲げてつぶやく。よく見ると、こちらには泣きぼくろはなくて、紗良よりも顔立ちや口調がきりっとした印象がある。

ふたりはあの事件の翌朝に、京之介から三か月間の謹慎《きんしん》を命じられて、これまで郷に籠《こも》っていたのだという。そういえば、湯屋にはいなかった。

「ほんとうならクビになるところだったけど、旦那様が情けをかけてくださって、謹慎処分で済んだわ」と由良。

「旦那様はお優しい方だし、わたくしたちとはつきあいも長いから特別に許してくださったのよ」

紗良が誇らしげに言う。京之介とは幼馴染《おさななじみ》かなにかだろうか。

「あなたが戻ったら、頭を下げて詫《わ》びるようにと命じられているの。この通り謝るわ。ごめんなさい」

不承不承《ふしょうぶしょう》といった感じではあるが、姉の由良もきちんと手をついて頭を下げる。

「いいわよ。私と京之介さんの結婚に反対だったのよね」

凛子は肩をすくめて言った。

湯屋内にそういう空気があるのは、以前も痛いほど感じた。

「だって、まさか旦那様が人間の娘を娶《めと》るなんて。……あなたには悪いけれど、人間との結婚は本来は下賤《げせん》の妖か物好きのすることなのよ」

由良が生真面目《きまじめ》に答える。寿命《じゅみょう》も短く、知恵が回る以外にとくに特殊な能力を持たない人間は、妖たちの世界では弱く、格下の生き物なのだ。

ひと事件あってからは、ずいぶんと風当たりもよくなったが、はじめは人間の嫁というだけでまわりの目が冷ややかで、ひどい余所者《よそもの》扱いだったものだ。

「そうよ、旦那様はどうかしているわ。命の恩人だとかなんとか仰《おっしゃ》っていたけれど、わたくしたちを差し置いてこんな山出しの貧相な娘を選ぶなんて。あっ、いっけね。本音言っちゃった」

紗良がぺろりと舌を出した。ただのぶりっ子と思いきや、なかなか油断ならない相手である。

　凛子も負けじと返した。

「私も本音を言わせていただくなら、妖と結婚だなんて御免なの。なにかの間違いだと思いたいわ」

　すると猫娘たちが恐れおののいたようすで後ずさり、

「聞いた、由良？」

「聞いたわ。あなた……、噂《うわさ》通りなのね。旦那様の好意を袖《そで》にして里帰りしたって」

　信じられないと言いたげな目をして言う。

「好意を袖にして？」

　見方によってはその通りなのかもしれないが。

　しかし、京之介が今の凛子に本気で惚《ほ》れている印象はないし、それらしい明確な言葉も告げられていない。離縁《りえん》したがる凛子の気持ちを汲《く》んでくれたのか、湯屋の奉公人たちにも「凛子に対しては、女将《おかみ》ではなく、一介《いっかい》の奉公人という立場で接するように」と彼のほうからわざわざ公言したほどなのだ。だから現状は、雇用主と下《した》っ端《ぱ》の奉公人にすぎず、今回もまわりはそのような態度で接してくるはずだ。

「信じられないわ。旦那様の求愛にお応えしないなんてよほどのおバカか、もしくは女じゃないわね。あなた、もしやついてるんじゃなくて？」

紗良が凛子の下半身を確かめようと、真顔で浴衣の裾《すそ》を捲《めく》りかけた。

そこで、ばたばたとだれかの足音がして部屋の引き戸が開けられ、おかっぱ頭に角《つの》が生えた小柄な鬼の娘が駆け込んできた。

こんどこそ鈴梅だ。

「鈴梅！」

「由良と紗良、いつのまにここへ入っただ？」

鈴梅は、凛子より猫娘たちを見て目を丸くした。

「あら、鈴梅。そろそろお凛ちゃんが目が覚めるんじゃないかと思って迎えに来たのよ」

紗良が、凛子の浴衣の裾を戻しながらのんびりと答えた。そういえばここは鈴梅の部屋だから、彼女が留守のあいだに猫娘たちがこっそり忍び込んだのだろう。

鈴梅が、はたと寝床の凛子を見た。

「お凛ちゃん、大丈夫だか？」

「うん。ひさしぶりね」

凛子は幼友達にでも再会したときのように懐かしくなり、寝床から出て立ち上がった。

「おかえり。やっと帰ってきてくれただな、お凛ちゃん！」

鈴梅は凜子の両手をとって、ぴょんぴょんと飛び跳ねて喜ぶ。

おかえり。

その言葉が嬉しくて、凜子も思わず体を弾ませたくなった。

「でも、帰ってきたっていうか……」

卯月に無理やり連れてこられたのだ。そもそも里帰りのつもりではなかったのだが、鈴梅があまりにも嬉しそうにしているのでなんだか言いづらい。

「そういえば卯月は？　一緒に来たと思うんだけど……、気を失ったのは私だけ？」

室内を見回しても姿がどこにもない。

「あいつは丈夫だし移動に慣れてるから、あなたをここに運び込んだあと、とっくに帰ったわ。昨日の夕方の話よ」

由良が答えた。凜子をこっちに連れてくることだけが目的だったようだ。

しかし、ひさびさの再会を喜ぶのもつかのま、鈴梅はすぐに深刻な顔つきになった。

「それより旦那様が大変なことになっただ。一昨日《おととい》、〈月見の湯〉の常連さんに噛《か》みついて郷奉行にしょっぴかれちまっただよ」

「そうよ、お凜ちゃんはこんなところで呑気《のんき》に寝てる場合じゃないのよぅ」

紗良がふくれっ面《つら》になって、今さらながらに非難する。

「卯月から聞いたわ。京之介さん、このところ湯屋も放ったらかしで、仕事もせずにずいぶん荒れていたとか聞いたけど、ほんとうなの？」

いまいち現実味が感じられないまま凛子が問うと、

「へ？」

三人ともきょとんとした顔になった。

「荒れてはいないわね。毎日、お仕事に励《はげ》んでいらっしゃったもの」と由良。

「そうよ、旦那様がお凛ちゃんの不在ごときに落ち込むわけないじゃなーい」

紗良も唇を尖らせて言う。やはり卯月の二枚舌だったか。

「それなら、どうしてお客さんなんかに噛みついたの？」

「旦那様は否定なさってるわ。きっとだれかに濡れ衣を着せられているのよ」

由良が答えると、鈴梅も深々と頷《うなず》いた。

「湯屋のみんなもそう信じてるだ」

「犯人が別にいるということなのね？」

「詳しいことはあっちで話すだよ。もうじき郷奉行所も来るだ。行こう、お凛ちゃん」

鈴梅は一刻の猶予《ゆうよ》もないとばかりに急《せ》かし、踵《きびす》を返す。

「郷奉行所が来るって。私たちも行きましょ、紗良」

「ええ」

猫娘も、いくらか緊迫した表情で部屋を出ていく。

さすがに只事《ただごと》ではないのかもしれないと、凛子もようやく焦りみたいなものをおぼえた。

一体なにが起きているのか、今一つ見えてこない。早く京之介に会って、本人の口から話を聞きたいと思いながら、ひとまず凛子もみんなのあとを追って部屋を出たのだった。

3.

宿舎を出た凛子は、鈴梅と猫娘の四人で湯屋〈高天原〉の本館に向かった。

〈高天原〉は、玄関に唐破風《からはふ》の屋根を持つ、堂々たる入母屋《いりもや》造りの五階建てである。

悠久《ゆうきゅう》の時を経て荘厳かつ味わい深い佇《たたず》まいで、開店時刻が迫る宵《よい》の口ともなると、入り口や軒《のき》の提灯《ちょうちん》に灯がともり、煙突から煙の出る宵から夜半にかけての眺めは、言葉にならないほどに美しく幻想的だ。

その本館の裏手には、凛子が寝かされていた奉公人たちの宿舎や、茶室のある草庵《そうあん》などに囲まれた広大な中庭があり、その中心に湯屋自慢の自噴泉である大湯がある。

〈高天原〉にはほかに、本館の内湯や山中のはなれの湯を合わせると、全部で七つの湯殿がある。

ちなみに湯屋の東に流れる大河は死者が渡る三途《さんず》の河だ。河にかかった橋の先や向こう岸はいつも霧に覆《おお》われていて見えたことはない。

季節は七月になり、温泉郷も春に比べてずいぶんと暑くなった。といっても、エアコンがなければ過ごせないというほどでもなく、空気はからっとしている。

「旦那様に噛まれたお客さんは大蝦蟇《おおがま》という妖だべよ」

中庭に面した本館行きの渡り廊下《ろうか》を歩きながら、鈴梅が教えてくれた。

大蝦蟇は体長八尺ほどの巨大なヒキガエルの妖だ。人間界には口から虹色の気を吐くとの伝承がある。もしほんとうなら見てみたいものだが、実際、その気体にふれると、暗示がかかってみずから大蝦蟇の口に入っていく羽目になるという。

大蝦蟇は、ふだんは宴会場として使用されるだだっ広い座敷〈有頂天《うちょうてん》の間〉の隅に寝床を作って寝かされていた。

体は人型で浴衣《ゆかた》を着せられているのだが、顔と手はヒキガエルそのもので、額の中心に仏のように大きなイボがある。今は白目をむいていて意識がない。浴衣を着せられた巨体には、直径三ミリほどの丸紐《まるひも》がぐるぐると巻かれていて、ボンレスハムのようだ。凛子はその紐が気になった。

若い女の奉公人がひとりついて、団扇《うちわ》でゆるやかに大蝦蟇を煽《あお》ぎながら、彼を見守っている。頭に獣耳がある。薄茶色の色や大きさからして狐だろうか。

「おつかれさん」

鈴梅が声をかけると、女が凛子の姿に気づいて、

「あ、お凛殿、おかえりなさいませ」

頭を下げて丁寧《ていねい》に挨拶《あいさつ》をしてきた。

凛子がこの湯屋に顔を出すのはしばらくぶりだが、はじめてのときのように、奉公人たちが凛子をおかしな目で見たり、邪魔者扱いするような気配はない。ここの一員として認められていると思っていいのだろうか。

「ただいま……」

凛子は面映《おもは》ゆい気持ちになりながら、その奉公人のとなりに端座《たんざ》した。

鈴梅と猫娘たちは向かいに座り、大蝦蟇を囲み込むようなかたちになった。

ちょうどそこへ、階下から番頭の白峰もやってきた。長身に長髪の隻眼《せきがん》で、冷静沈着な男だが妙な威圧感がある。鴆《ちん》という妖で、この湯屋〈高天原〉を取り仕切っている京之介の右腕である。

「おや、お目覚めですか、お凛殿。ずいぶんと長い里帰りで」

大蝦蟇の枕元までやってきた白峰が、凛子を見下ろして言った。

「白峰さん、お久しぶりです。……私は里帰りのつもりじゃなかったんですけど」

念のため、正直に伝えておいた。

「私としても、そのままあちらに居ていただいてまったく構わなかったんですがね。旦那様が首を長くして待っておられた上にこの事件で、呼び戻さざるを得なかったのです」

白峰はしぶしぶといった調子で言う。猫娘たちと同様に、格の低い人間である凛子が主の嫁になったのがどうも気に食わない奉公人のひとりである。

「お客さんを噛んだって……、京之介さんの仕業《しわざ》じゃないんですよね？」

「それを証明するために、旦那様はあなたを呼んだのだと思われます。あなたが目覚めるのを見越して、さきほど旦那様と郷奉行所の御一行がこちらに到着しました。もうそろそろこの広間においでになるころです」

凛子はそれを聞いて、なぜかどきりとした。

「京之介さん、牢屋《ろうや》を出られたの？」

「ええ。事件を検《あらた》めるのに立ち会うため、ひとまず仮釈放されたのでしょう。あなたにも、経緯を話しておきます」

白峰はそう言って、事件のあらましを教えてくれた。

一昨日の夜半過ぎ、四階の貸し切り露天風呂〈月見の湯〉にて、大蝦蟇という上客が何者かに噛まれ、血を流して倒れていた。

急所は外れていたので死には至らず、このときはまだかろうじて意識もあった。発見した湯女《ゆな》は、大蝦蟇を介抱するためにほかの奉公人の手も借りて、ただちに〈有頂天の間〉に運び込んだ。

そして手当てをほどこしている最中、大蝦蟇が息も絶え絶えの状態で『三代目が……』とつぶやき、意識を失ったのだという。

それを野次馬根性で集まってきていた湯客たちが聞きつけて、郷奉行所〈温泉郷内で警察・法治権を持つ組織〉に通報したために、京之介が下手人《げしゅにん》扱いになりお縄になってしまったというのだ。

事件のあと、知らせを聞いた大蝦蟇の下仕《しもづか》えが彼を迎えに来たのだが、事の真相が明らかになるまではこちらで面倒を見るといって、わざわざ預かっている状態なのだという。京之介としては、その間に白峰たちに証拠をつかんでもらって無実の罪を晴らすつもりなのだろう。

「大蝦蟇様を一番はじめに発見したのは、そちらの湯女です」

白峰が凛子のとなりに座していた獣耳の女を手で示して言った。

「早緑《さみどり》といいます」

湯女が会釈《えしやく》して名乗った。

「早緑はここに奉公に来て六年目で、薬湯の常連客などには大変ウケのいい中堅《ちゆうけん》です。湯女たちは基本的に週替わりで担当場所を移動していますが、指名が入ればその貸し切り湯の担当になります。この日は大蝦蟇様がたまたまこの早緑を指名したので、〈月見の湯〉を担当しました」

六年目の湯女なら信用してよさそうだ。

「京之介さんに、大蝦蟇様に噛みつくような動機はあったの？」

凛子が問うと、早緑が答えてくれた。

「大蝦蟇様の下仕えの者たち曰《いわ》く、『紅雀《べにすずめ》』をめぐって旦那様《だんなさま》と口論にでもなったのではないかと」

「『紅雀』とは？」

「うちの宴会でも扱っている古酒の銘柄《めいがら》です」

白峰が教えてくれて、早緑が続けた。

「大蝦蟇様は最近、その『紅雀』の専売特許をお取りになられたので、値を吊りあげられたことに対してうちが不満を抱いていて口論になった挙句《あげく》、凶行に及んだのではないかというのです」

「お酒の値段ごときで、京之介さんがお店の信用を失うような事件をみずから起こすかな？」

凛子は首をひねる。

すると白峰が言った。

「旦那様もありえないと否定されましたが、下仕えたちは、大蝦蟇様を妬《ねた》むほかの妖と組んでいる可能性もあるとしたうえで、『裏をかいて、堂々とやってのけたのだろう』と主張しました。むろん、私を含め、奉公人たちはみな、旦那様の無実を信じていますが」

「事件の前後に、早緑のほかに〈月見の湯〉に出入りした妖はいないんですか？」

共謀者《きょうぼうしゃ》がいるとなれば、事は複雑になる。

「旦那様だけです」

早緑がしおれた声で答え、続けた。

「旦那様はたしかに事件前に〈月見の湯〉で大蝦蟇様とお話をしていらっしゃいました。ですが、単に挨拶に行かれたのにすぎません。上客にはしばしばやることです。ごようすも、いつもとお変わりなかったと思います。すべてあたしが厠《かわや》に行った隙《すき》のことでした。もう少しあたしが早く湯殿に戻っていれば……」

早緑はうなだれる。自責の念にかられているようすで気の毒だ。

凛子は床に伏している大蝦蟇に目を移した。

大蝦蟇はあいかわらず意識を失ったままである。

「この紐は……」

凛子は早緑のとなりに座り込み、大蝦蟇の体に食い込むようにして巻かれた細い生成《きな》り色の丸紐に注目した。

見覚えのある紐なので、さきほどから気になっていたのだ。春先にこの温泉郷に来たとき、凛子は偶然にも郷奉行所の頭《かしら》である白虎《びゃっこ》の息子を助けた。彼には小鳥に変じる呪詛《じゅそ》がかけられていたのだが、そのとき彼の口を縫《ぬ》ってあったのがこんな紐だった。

その昔、京之介を助けたときも、おなじように紐が絡まっていた。紐の色は赤だったけれど、それをほどいたから彼は助かったのだ。

後ろにいた白峰が教えてくれた。

「それは呪糸といって、妖力のこもった特殊な繊維《せんい》をより合わせて作ったもので、本来は郷奉行の方が捕縄《とりなわ》の中に仕込んで使用するものです」

「呪糸……」

「一度捕縛《ほばく》されたら、縛《しば》った者にしか解《と》くことはできません。今回は疑いのもたれている旦那様が郷奉行所から解けと命じられましたが、自分は縛った本人でないから解けないと主張され、実際に解けることはありませんでした。しかし、別の妖に縛らせた可能性もあるし、『解けないのではなく、巧妙に芝居をして解かないのだ』と大蝦蟇様の下仕えらに指摘されまして……」

京之介が犯人なら、大蝦蟇に目覚められては困るからだ。

「大蝦蟇様は介抱中、ほんとうに『三代目が……』とつぶやいたの？」

凛子が問うと、白峰が答えた。

「ええ。そのつぶやきは複数の客と奉公人が聞いているので間違いはありません。ですから、旦那様の命運は被害者本人の証言にかかっています。お凛殿の手で、どうかこの紐を解いて、大蝦蟇様の意識を取り戻していただきたい。そして大蝦蟇様の口から真相を聞き出すのです」

「この紐を解くの……？」

凛子は妖力のこもっているという組紐をじっと見つめながら問う。

「そうです。どうやらお凛殿には、それができるようなので――」

と、白峰が言いかけたところで、何者かが宴会場に向かってやってくる足音が聞こえてきた。複数いる。郷奉行所の者たちだろうか。

次いで気配が戸のすぐ向こうに迫ったかと思うと、襖《ふすま》がすぱんと勢いよくひらいた。

現れたのは上品な白練《しろぬ》り色の単《ひとえ》を着流した、涼やかな目鼻立ちの若者だ。

この湯屋〈高天原〉の三代目当主の京之介である。

「おかえりなさいませ、旦那様」

いち早く、白峰が頭を下げた。猫娘たちも一斉に礼をとった。

「おかえり、凛子」

奉公人一同の中に凛子の姿を見つけた京之介は、嬉しそうににこりと笑った。

「京之介さん……」

凛子は妙な懐かしさをおぼえて立ち上がった。

おかえり。人間界ではあまり言われることのなかったその言葉が、なぜか鈴梅や早緑に言われたとき以上にこそばゆくてはにかんでしまう。

京之介は、装《よそお》いが夏物になったほかはなにも変わっていない。泰然自若《たいぜんじじやく》とした佇《たたず》まいも、首元を襦袢《じゆばん》とおなじ鮮烈な赤の襟巻で覆《おお》っているのも。

卯月が言っていたような、店を放ったらかすほどに荒くれたり憔悴《しようすい》しているようすはまるでない。ただし、今回は上半身にきっちりと二重菱縄《ふたえひしなわ》をかけられていた。障子戸を開けたのは、京之介の左に立つ羽織袴《はおりはかま》姿の美丈夫《びじようふ》だ。

「郷奉行所だ。事件を検めるために参上した」

その男がよく響く低めの声で告げた。威風堂々としていかにも格上の風体《ふうてい》なのだが、肩先までの散らし髪は白く、両の頰《ほお》にそれぞれ二本の縞模様《しま》――これをどこかで目にしたことがあるのだが思い出せない――が走っているほかは、きれいに人型をとっているのでなんの妖かわからない。

彼と京之介の背後には、胸元に郷の文字が丸囲みされて染め抜かれた濃紫《こむらさき》の半纏《はんてん》に、股《もも》引穿《ひきば》き姿の手下が複数控えている。みな、一様に硬くいかめしい顔つきの妖ばかりで、なにやらものものしい雰囲気《ふんいき》である。

羽織袴姿の妖が視線に気づいて、凜子のほうを見た。

目が合ったとたん、キリッとしていた男の顔がたちまち嘘みたいにぽーっと赤くなった。

「そなたは……お凜殿だな」

「はい。そうです」

だれでしたっけ？　と思いながら返事をすると、羽織袴はずいと座敷に乗り込んできて名乗った。

「某《それがし》は郷奉行白虎の嫡男《ちゃくなん》、征良《まさら》と申す。谷の区の湯屋ではまことに世話になった。おかげで命拾いし、この通り与力《よりき》の座に復帰することが叶ったゆえ」

凛子は大きく目をみひらいた。

「ああ、あなた、あのときの縞ヒヨコ！」

郷奉行である白虎の倅《せがれ》だ。どこかで見たと思った縞模様はヒヨコのときにも見たし、父親である白虎の顔にもあった。

「ほんとうはこんなに大きかったのね。こーんなちっちゃな鳥だったのに」

凛子は弱っていた縞ヒヨコを庇《かば》って胸にしまったときの大きさを思い出して、手で示してみる。

「そ、そそ、そうなのだ。某ときたら不覚にも呪詛をかけられ、あのような貧相な姿に。しかしお凛殿のおかげで無事に蘇生《そせい》し、生還することができた。ここにあらためて礼を申す」

頭を下げた征良の頰が、一段とぽーっと赤く染まる。

「与力殿、顔が茹《ゆ》で蛸《だこ》みたいに真っ赤だべ」

下から覗《のぞ》き込んだ鈴梅がつっこんだ。たしかに照れ屋さんみたいだが、なんだか武骨で憎めない。

「与力殿、どうだった、我が妻の懐《ふところ》は？」

胸に匿《かくま》われた経緯を知る京之介が、となりに来て嫌みたらしく問うので、

「なに、姦通《かんつう》は重刑ですぞ、征良様」

同心《どうしん》とおぼしき手下の妖たちが非難するような目をしてざわつく。

「ちょっと、誤解を招くような言い方しないでよ、京之介さん」

凜子がたしなめるが、面《おもて》をあげた征良は真っ赤になりながらも拳《こぶし》を胸に押しつけ、大真《おおま》面目《じめ》に宣言した。

「お凜殿、あの御恩は一生涯《いっしょうがい》忘れはせぬ。今後、そなたの危機にはこの郷奉行の与力柾良が即座に馳《は》せ参じ、命に代えてもお守りすることを固く誓って進ぜよう」

「俺が駆けつけるので結構。愛妻との再会を邪魔しないでくれないか、与力殿」

京之介が呆《あき》れ半分に割って入った。

どこが愛妻？　と凜子は言いたくなったが、京之介がこちらを向いた。

「ご覧の通り、拘留《こうりゅう》中の身なんだ。せっかく里帰りを満喫《まんきつ》しているところだったのに呼び戻して悪かったね、凜子」

「里帰りのつもりはなかったんですけど……」

京之介は凜子のつぶやきは聞き流し、布団に横たわる被害者に目を移した。

「その後、大蝦蟇殿のようすはどうだ？」

「今から紐《ひも》を解いてみるところです。京之介さん、このために私を呼んだんでしょう？」

凛子はふたたび端座《たんざ》して、大蝦蟇の体に巻きついている呪糸に手をかけた。

京之介のときのように複雑に巻いているわけではない。結び目は数えるほどしかなく、どれも単純なので中心をほぐせばするりと簡単に解《と》けていく。

「見事なものだな。ふつうはひとつ結び目が解けても、また別の場所が絡んだりしてほどけないものなのだが……」

京之介がつぶやく。

「うむ。まさかお凛殿が下手人《げしゅにん》であるはずもないのに、さながら縛り手であるかのようなほどけっぷりだ」

征良も感心して言う。ほかの一同も興味津々《しんしん》だ。みなの視線が凛子の手元に集まっている。単に巻きついた紐をほどいているだけで、凛子にはそれほど大した行為とは思えないのだが。

「紐やリボンを結ぶのは昔から好きよ。あやとりとかも得意だった。みんなすぐに飽《あ》きちゃってたけど、ずっといつまでもやっていられたの。あと、絡まったネックレスをほどくのとかも得意よ」

絡まっているものがきれいにほどけてゆく瞬間は、気持ちがいいものだ。

「あ、これは……」

白い当て布が大蝦蟇の浴衣《ゆかた》の陰からちらと見えて、凛子は手を止めた。嚙《か》まれたと思われる肩から首筋にかけての部分が覆われている。

「傷らしいものはこれだけ？　嚙み痕を見せてもらってもいい？」

凛子が早緑に訊くと、「どうぞ」と彼女が当て布を浮かせて見せてくれた。

「争ったあとはそれほどなく、縛られてからひと嚙みされただけだったようだ」

上から見ていた征良が教えてくれた。

見ると、そこには痛々しい牙の痕がある。鋭い牙がつけた大小の穴。

「…………」

この嚙み痕は、たしかに凛子の手首にあるのとおなじ。つまり狗神《いぬがみ》の歯形ということだ。

一同がしんと静まり返る。

凛子はふたたび呪糸を解きはじめる。まさか、ほんとうに京之介さんが嚙んだんじゃないわよね？　そう思ってしまって、手の動きが鈍くなる。

「俺にもそれは狗神の牙の痕にしか見えないんだが――」京之介が上から淡々と訊いてくる。「夫である俺を疑うのかい、凛子？」

凛子はどきりとする。そういえば京之介は、妖力を使って相手の感情や思惑を嗅《か》ぎとることができるのだった。どうやら疑う気持ちを読まれてしまったらしい。

「旦那様《だんなさま》は、大切なお客様に噛みつくような真似《まね》は断じてしないわよ」

大蝦蟇を挟んで向かいに座っていた猫娘の由良が言う。

たしかに客を害する事件など、〈高天原〉にとって不名誉でしかない。凛子としても京之介は犯人であってほしくはないが、真実は大蝦蟇の口から語られない限り証明されない。

凛子は、しばし、呪糸を解《と》くのに専念した。

「あ、できた……」

それは最後の結び目をほぐすと、ほどなくするりと解けた。

「解けただ、お凛ちゃん」

「やりましたね」

鈴梅と早緑がほっと顔をほころばせた。

ほどなく、大蝦蟇が少し唸《うな》り声を洩《も》らしながら目を覚ました。

一同の視線が大蝦蟇に集まり、一気に緊張が高まる。

「なっ、なんだっ？」

大蝦蟇は目を開くなり仰天《ぎょうてん》した。風呂に入っていたはずなのに、〈高天原〉の奉公人や郷奉行所の連中がずらりと雁首《がんくび》を揃えているのだから無理もない。が、

「――おうぅ、痛いっ」

半身を起こしかけたものの、肩の傷が痛んだらしく呻《うめ》いた。

「無理をされるな、大蝦蟇殿」

京之介が声をかけると、大蝦蟇ははっと彼のほうを仰《あお》ぐ。

「そ、そそ、そちは三代目ではありませんか……、こ、ここはどこなので……？」

大蝦蟇は京之介の顔とあたりを見回して、腰を抜かすほどに驚いた。

早緑が、憐《あわ》れむような目で大蝦蟇を見ながら状況をかいつまんで説明した。

「ここは湯屋〈高天原〉です。大蝦蟇様は一昨夜、〈月見の湯〉においでになりましたが、何者かに襲われてお倒れになり、そこを私が発見し、介抱いたしました」

「そ、そうだったか……それはかたじけない……」

大蝦蟇が動揺《どうよう》しながら礼を言うと、与力の征良が彼にたずねた。

「そなたを襲ったのは一体全体だれだったのだ、大蝦蟇殿よ。意識を失うときに『三代目』と口走ったそうだが、この者でまちがいないか？」

問われて、大蝦蟇の視線がおそるおそる京之介に移る。

「…………」

大蝦蟇の薄く平たい唇はわななき、水かきのついた手も小刻みに震えている。

「大蝦蟇殿」

京之介が、なにも言えないでいる大蝦蟇を見下ろして続けた。

「俺はたしかに一昨夜、〈月見の湯〉の湯に浸かる貴殿のもとに挨拶《あいさつ》にうかがった。だが、貴殿の肩に噛みついた覚えはない。なぜ、俺の名を？」

問いかける声音《こわね》はひどく冷たい。

京之介は大蝦蟇に威圧を与えている。ふだんは秘めている覇気《はき》みたいなもので大蝦蟇を嬲《なぶ》っている感じだ。そのために、大蝦蟇の目は酷《ひど》く怯《おび》えていて、巨体も憐れなほどにガタガタと震えだしている。

「どうなのだ、大蝦蟇殿よ、答えぬか」

征良が問い詰める。

「そ、そそ、それは……」

大蝦蟇は声をうわずらせ、絶句する。

〈高天原〉はこの温泉郷にある老舗《しにせ》の四大湯屋のひとつである。代々、その主を務めている狗神の力は強大で、妖たちの間でもかなり幅を利《き》かせているのだという。それはなにも知らない凛子ですら、春にここを訪れたときにひと事件を通じて肌で感じたことだった。

そんな富も地位も権力も妖力もある相手にひと睨《にら》みされれば、事実を捻《ね》じ曲げて伝えざるをえない。たとえ噛んだのが京之介でも、これほどまでに怯えていてはおそらく真実を証言できないだろう。

「じ、じじ、自分を嚙んだのはたしかに狗神のように見えましたが……し、しかし……今思えば……それがこちらの三代目であったかどうかは……わ、わかりかねまする……」

「というと？」

征良が先を促す。

「ほ、ほかの狗神か、もしくは……獣妖《けものよう》であったかも……、な、なにせ、呪糸で巻かれており……意識も朦朧《もうろう》とした有様でしたので……」

大蝦蟇は目を泳がせ、額に脂汗《あぶらあせ》をかきながら、ようようとそれだけ答える。

「うむ。たしかにほかの獣妖の可能性も否定はできぬな。呪糸をかけたのも、だれかわからぬのか？」

ふたたび征良が問うが、

「わ、わかりませぬ、き、きき、気づいたら背後からかけられておりまして……」

大蝦蟇はもはや思い出すことさえままならない状態で、青ざめたまま震えている。

京之介はというと、いつもの涼しい表情で大蝦蟇を見下ろしている。

まさか、ほんとうに京之介がやったのでは、と凛子は内心、不安になってきた。大蝦蟇の下仕《しもづか》えたちの主張だって、間違っているとは言い切れない。

「処断を下す」

征良が、となりの京之介に向かって宣告した。

「そなたを下手人とするには証拠不十分である。ひとまずここで釈放といたそう」

奉公人一同が、ほっと肩の荷が下りたような表情になった。

「解き方、前へ」

征良が、手下に捕縄をほどくように命じた。

縄をかけた本人と思われる同心が「はっ」と返事をして出てくると、京之介の上半身の縛《いまし》めを手際《てぎわ》よくほどいてゆく。この縄の中にも呪糸が織り込まれているのだろう。

縄がほどかれて身の自由を取り戻した京之介は、とくになんの感慨《かんがい》もなさそうな表情のまま衣の乱れを整え、猫娘たちに命じた。

「大蝦蟇殿に朧車《おぼろぐるま》を支度《したく》し、お見送りをしてさしあげろ」

「かしこまりました」

猫娘たちが頷《うなず》き、怖気《おじけ》づいてしまった大蝦蟇の体を支えるようにして寝床から立ち上がらせた。

4.

「またのお越しをお待ち申し上げます」

間口の広い玄関先で白峰が慇懃《いんぎん》に告げ、奉公人たちがみな、きれいに頭を下げて大蝦蟇を送り出した。もちろん凛子も礼をした。

大蝦蟇は最後に朧車に乗り込むときまで委縮して、京之介を恐れているようすだった。なにをそんなに恐れる必要があるのだろう。被害者としてクレームをつけたり、慰謝料の請求をしてくるならわかるけれど。

京之介のほうも、怯えた大蝦蟇をあえてとりなす気配がない。店主と上客の立場など、とうに失われているように見受けられた。

大蝦蟇を乗せた朧車が発車して、木賃宿《きちんやど》の方角に消えてしまうと、

「釈放されてよかっただ、旦那様！」

鈴梅が京之介をふり返ってよろこんだ。事態を見守っていたほかの奉公人たちもみな、郷奉行所の目から解放されたのもあってか、一様に肩の力が抜けたようすだった。

「よかったじゃない。これで一件落着かな」

凛子も尽力した達成感みたいなものをそれとなく味わいながら京之介に言うと、

「よくはありません」

番台に戻った白峰がぴしゃりと言った。

「え？」

「事件のことはすでにかわら版で郷中に知れ渡っています。この手の不祥事《ふしょうじ》は下手人《げしゅにん》がだれであろうと起きたことそのものが災《わざわ》い。真の下手人を捕らえて汚名返上しなければ湯屋の評判はがた落ちです。迷宮入りならば間違いなく〈高天原〉の威信は失われるでしょう」

つまり、絶対に犯人を見つけ出さねばならないというわけなのだ。

「犯人の目的はなんなの？　大蝦蟇様はだれかに恨まれていたりしたのかな」

「大蝦蟇様はもともと酒絡みの商《あきな》いをしていらっしゃるけど、近ごろはずいぶん羽振りがいいってお客様が話してるのを聞いただ」

鈴梅が言うと、

「私たちも聞いたわ。例の古酒で強気の取引をはじめて、各地の酒屋を泣かせているそうよ」

猫娘の由良が言う。

「何事も、派手にやりすぎると叩かれるものです。だれかから恨みを買っている可能性は大いにあるでしょうね」

「客の多い夜半を狙って事件を起こしたあたり、犯人は湯荒らしの類《たぐい》に見えないこともないが……」

京之介は腕組みしながらつぶやく。湯荒らしとは、湯屋を台無しにするならず者のことだ。文字通り温泉の湯そのものを穢《けが》して荒らす場合もあれば、湯屋ごと襲うこともあると、以前ここに来たときに聞いた。

「〈高天原〉の評判を落とそうとする者たちがいるということ……？」

「横綱になりたがっている湯屋は多いですからね」

白峰は肩をすくめる。

温泉郷内では半年に一度、湯の質、湯屋内の設《しつら》え、接客態度などを評価した番付が発表される。現在のところ、西の横綱は〈高天原〉が押さえているが、その座を狙う商売敵《しょうばいがたき》も少なくはないという。

「〈高天原〉の聞こえが悪くなる前に、早いとこ真犯人を割り出さねばな」

京之介が言うと、白峰が返した。

「私はもう一度、大蝦蟇様の取引相手などを調べて身辺を洗いだしてみます」

「あたしもお座敷でいろいろ聞き込みをしてみるだよ」

鈴梅が言い、猫娘たちも頷いた。

奉公人たちがおのおの持ち場に散っていくと、凛子は手にしていた呪糸を見つめた。大蝦蟇からほどけたものを、なんとなく手に握ったままだった。

「これ、どうして私には解《と》けたんだろ……」

呪糸が織り込まれているとはいえ、見た目はなんの変哲もない生成《きな》り色の丸紐《まるひも》だ。

すると白峰が教えてくれた。

「黄泉《よみ》の国に呪糸をほどくのを生業《なりわい》としている鬼の一族がいます。呪詛《じゅそ》をかけられたまま死んだ者を自由にするために存在する者たちだそうで、遠い昔に、そのほどきの力を目的に、渡河を許された妖によって黄泉の国から攫《さら》われた鬼が数人いたと聞いたことがあります。その一部が人間界に逃れたとして、お凛殿の先祖のどなたかが交わったとしたら、子孫の中にほどきの力を引き継ぐ者が生まれてもおかしくはありません」

「私の先祖に鬼がいたということ……?」

「鬼が攫われた話はあくまで噂《うわさ》にすぎませんし、追及のしようもありません。やたらに脚の速い者や達筆な者がいるのとおなじように、単にほどく技術に長《た》けているだけとも考えられます。特技程度に考えるのがよいでしょう」

「特技……」

とくに実感のないままつぶやくと、京之介が言った。

「呪糸が解《と》ける者がいるとなれば、当然、それを利用する者がでてくる。今回はやむを得ず君に解き方になってもらったんだが、今後は解けることは、なるべく隠すようにしてくれ。君の身の安全のためだ」

郷奉行所もそれをわきまえているから、行方《ゆくえ》不明だった与力の征良がどう助かったのかまでは公《おおやけ》にしていないのだという。

「わかりました。これからは安易に紐というものにふれないようにするわ」

凛子としては、どれが呪糸かすらも見分けがつかないレベルなのだが。

「それがいいな。うっかり俺たちの縁の糸までほどいてしまうといけないしね」

京之介にさりげなく釘をさされて、凛子はぎくりとした。

「やっぱり離縁《りえん》は成立していないんだ……？」

訊くまでもないと思いつつ、一応問うと、

「もちろん」

にっこりと笑って頷かれてしまった。

やはり、当分の間はまたここで手切れ金を稼《かせ》いで暮らすことになりそうだ。

その後、

「少し休んでくる」

と京之介が言って踵《きびす》を返し、私室に向かった。拘留《こうりゅう》生活に疲れたのだろう。

「前から気になっていたのだけど……」

薄物の着姿も美しい彼のうしろ姿を見送りながら、凜子はずっと気になっていたことを白峰にたずねた。

「なんですか？」

白峰がぴくりと耳を澄ませてこちらを見る。

「京之介さんて、いつも首に赤い布を巻いているわよね。あれは、なんなのですか？　お洒落《しゃれ》なの？　それとも、なにかを隠してるの……？」

夏になって素材や柄行《がらゆ》きこそ変わっているものの、あいかわらず赤い布が巻かれているのだ。

「あそこが急所だから守っているんですよ」

白峰は驚くほどにあっさりと教えてくれた。

「急所……」

人間も含めて首が急所な生き物は多いが。

「白峰さん、そんな重要なこと軽く喋《しゃべ》っちゃっていいんですか?」

「これはあなたにしか喋りませんよ。そして他言無用です」

「えっ」

「命が惜しければ、決して旦那様《だんなさま》の首元にはふれぬことです」

白峰はいつも以上に冷静な口調で、そんな忠告を加えたのだった。

第二章　攫われてきた子

1.

翌日。

暮れ六ツ（午後六時ごろ）になると、入り口や軒《のき》の提灯《ちょうちん》に灯がともって湯屋がひらいた。

この日、白峰《しらみね》は休みなので、番台に座ったのは京之介《きょうのすけ》だ。

まだ陽も沈みきらないうちに、早々に一番乗りの浴客がやってきた。きりりとした厳《いか》めしい顔立ちに羽織袴《はおりはかま》姿の与力《よりき》、白虎《びゃっこ》の征良《まさら》である。今夜の彼は、手下がふたりと少ないかわりに、六、七歳くらいの白い猫耳の男の子を連れていた。

「また来てくれただか、与力殿」

「昨夜、いらっしゃったばかりじゃないですかぁ」

下足番《げそくばん》と並んで客を待っていた鈴梅《すずうめ》と猫娘たちが、いぶかしげに征良を仰《あお》ぐ。

「いらっしゃいませ、征良さん」

凛子《りんこ》もちょうど薬湯の湯加減を確かめ、暖簾《のれん》をくぐって出てきたところだったので、沓《くつ》脱場《ぬぎば》まで行ってにこやかに彼を出迎えた。

「お凛殿……」

凛子を見たとたん、二本の縞《しま》が入った征良の頰《ほお》が、ぽーっと赤くなった。

「与力様ったら、お風呂に入る前からのぼせちゃってどうなさったの？」

紗良《さら》がのんびりと言いながら、赤くなった彼の頰を横からつんとつつく。

「いや、これは、その……」

征良が頰に手をやりながら言葉をつまらせると、番台に座っていた京之介もやってきた。

「これはこれは与力殿。我が妻を目当てに日参の客になるおつもりで？」

「そ、そういうわけではない。……今日はこの坊《ぼん》と一緒に風呂に入りに来たのだ」

征良が、連れていた男児の頭をひと撫《な》でして言う。

「可愛《かわい》い坊やだな。与力殿、子持ちだったのけ？」

鈴梅が身を屈め、男児をまじまじと見ながら問う。男児は目のくりくりとした愛嬌《あいきょう》のある顔立ちをしていた。

「いや、某《それがし》の子ではない。これは人の子だ。目をつけられぬよう、変装させている」

猫耳だと思っていた部分はカツラの一部で、征良が少しずらすと、するりと落ちた。そして黒髪に黒い瞳の、ふつうの人間の男の子になった。

「人の子？　ほんとうに人間なの……？」

凛子も男の子の顔を覗《のぞ》き込む。この世界で人間に会えるなんて感激だ。

「ほんとうだ。こいつは温泉街で流行《はや》りの変装道具にすぎんのだ」

ほかに角《つの》バージョンや付け尾なども売っているのだという。

一同の視線がいっせいに集まるので、男児は怯《おび》えて征良の陰に隠れようとする。

「どうりで胡散臭《うさんくさ》い耳だと思ったわ。同族の匂《にお》いもしないし」

由良《ゆら》が落ちた白い猫耳カツラを拾い、男の子の頭に被《かぶ》せてやりながら言う。

妖《あやかし》の力を感じ取る能力がない凛子には、人間と言われれば素直に人間にしか見えないのだが。

「でも、この温泉郷にいるということは――」

凛子は少し身を硬くした。死人の可能性もある。死人であれば、四十九日間しかこの郷にはいられない。その逗留《とうりゆう》期間を守らず、三途《さんず》の河を渡りそびれた者は、輪廻《りんね》の巡りに入れず、来世に転生できなくなるのだという。

ところが征良は言った。

「この坊は生きている」

「えっ」

征良は、おののいてへばりついている男児の小さな肩を抱いて続けた。

「おそらく、何者かの手によって人間の郷から攫《さら》われてきた子だ」

「攫われてきたの……？」

「うむ。近ごろ、人間を郷から攫っては好事家《こうずか》に卸《おろ》している悪党がいるという噂《うわさ》を耳にしている。坊はどこか三味線《しゃみせん》の音がする場所で籠《かご》の中に閉じ込められていたそうで、自力で逃げ出してきたところを、我々が三日ほど前に保護したのだ。だが妖を恐れ、飯もろくに食べん。攫われた場所が風呂だったようで、怖がって風呂にも入らんのだ。それで、もしや人であるお凛殿のたてた風呂なら入ってくれるかもしれないと思い、連れてきた次第だ」

「なるほど、人間同士なら気も許しやすいかもしれないな」

京之介が納得して言う。

「名前、なんていうの？」

同族の仲間ができたのだと思うと嬉しくて、凛子は屈みこみ、さっそく目線を合わせて訊いてみる。

が、男児は怖がって口もきけないようすだ。見たこともない異形《いぎょう》の者たちに取り囲まれ、じろじろと顔を見られるのだから無理もないだろう。

「あのね、私も君とおなじ人間なんだよ。だから怖がらなくて大丈夫」

　凜子がほほえみかけると、

「ほんとうに？　ほんとうに、お姉ちゃんも人間なの？」

　男児が征良にへばりついたまま、おそるおそる訊いてくる。かろうじて彼には懐いているようだ。

「うん。そうだよ。凜子っていうの。よろしくね」

「ぼくは……日暮翔太《ひぐらししょうた》」

　男児は小さな声でぼそりと名乗る。風呂に入れず、食事もろくにしていないとなると、出る元気も出ないだろう。

「翔太君ね。おいで。一緒にお風呂入ろうよ。今夜は〈庵《いおり》の湯〉が空いてるから、私が翔太君専用のお風呂をたててあげる」

〈庵の湯〉は中庭に面して建つ草庵《そうあん》に設けられた檜《ひのき》風呂だ。浴室のとなりには茶室がひと間と次の間がある。風呂をたてるあいだはその座敷で待ってもらえばいいし、風呂上がりにはそこで食事をして寛《くつろ》ぐこともできるだろう。

「いいわよね、京之介さん？」

「ああ、いいよ」

京之介はすんなりと許してくれた。

「お姉ちゃん、一緒に入ってくれるの？」

翔太の表情が、わずかだが明るくなった。

「おお、それはありがたい。では、某も一緒に……」

その気満々で奥に向かいだす征良の肩を、京之介が制した。

「与力殿は結構。人間同士積もる話もあるので、どうかふたりきりにしてやってくれ」

「さすがに積もる話はまだないと思うけど……、人間だけのほうが怖くなくていいかも。征良さんはぜひ薬湯に浸かっていってください。今夜は桃湯よ。肌によい桃の葉をたっぷり煎《せん》じて入れたの」

凛子はにこやかに勧めた。

桃は果実だけでなく、葉にも種にも花にも、すべてに体によい効能があって、かつて人間界でも夏の土用には暑気払《しょきばら》いのために桃の葉を入れた湯に浸かる習慣があった。

「おお、承知いたした。ではお凛殿、坊のお守《もり》を頼み申す」

征良はおとなしく引き下がった。単純な男である。

「じゃ、行こうか、翔太君」

凛子はまずは翔太を連れて、中庭の草庵に向かった。

2.

草庵に翔太を待たせて風呂の支度《したく》をし終えた凛子は、本館一階の隅にある厠《かわや》に立ち寄った。

戸口付近に手水鉢《ちょうずばち》と鏡の三つ並んだ化粧場《けしょうば》があり、その右手に個室が三つずつ向かい合って並んでいる。一番奥の個室にだれかが入っているだけで、あとは湯女《ゆな》の早緑《さみどり》が鏡の前で化粧を直していた。

凛子が用を足して戻ってもまだ彼女は念入りに化粧を続けていて、手元の小さな貝殻《かいがら》に入った口紅の色がきれいなのが目にとまったので、なんとなく話しかけてみた。

「きれいな色ね……」

上品なローズ系だがパール感の華やぎが効いて、顔色を明るく見せてくれそうだ。

「今、温泉街で人気の色なの。売れっ子の花魁《おいらん》がつけてから、郷中に広まったやつよ」

早緑が頬紅をのせる手をとめ、にこりとほほえんで言った。

「早緑はお化粧が上手よね。お仕着せの中に着ている襦袢《じゅばん》もお洒落《しゃれ》だなって……」

昨日、〈有頂天《うちょうてん》の間〉で会ったとき気づいたのだ。銀糸の刺繍《ししゅう》が美しいきらきらした襦袢を着ていて、地味になりがちなお仕着せ姿なのに女らしい華やぎがあった。

「あたし、器量がよくないから、化粧や衣装で誤魔化《ごまか》すしかないのよ」

「そうかな。ふつうにきれいだと思うけど」

鼻筋は通っているし、親しみの持てる明るい雰囲気《ふんいき》の顔立ちだ。

「化粧で盛ってるおかげよ。今日だって、あたしでコレなら、あなたなんてもっときれいになるわよ。嫁入りの日なんて、夢のように美しかったもの」

「嫁入りの日……」

京之介に、はじめてこの湯屋に連れてこられた日のことを言っているのだろう。凛子は猫娘たちが飲ませた薬と成婚の杯のせいで記憶が濁《にご》り、なにひとつ覚えてないのだが。

「きれいだったのは晴れ着姿だったおかげじゃない？」

凛子は手水鉢で手を清め、手巾で水気をとりながら言う。婚礼の日はだれもが一番きれいになれる日だ。

「それもあるでしょうけど……、まるでひらきたての白牡丹《しろぼたん》のようだったわね。肌の色が透けるように白くて、目鼻だちはお人形みたいに優しく整っていて、人間だけがもつ特有の儚《はかな》さみたいなのが滲《にじ》み出てて、そりゃ旦那様も惚《ほ》れるわって、だれもが思ったものよ。

まあ、次の日からはえらくあっさりとした身なりと化粧で、地味な奉公人になりさがったけど」

「あはは。お化粧は、あんまり得意じゃないの……」

まわりがコスメの話題で盛り上がっていても、それほど興味を持てなかったなと思い出す。

早緑はふたたび鏡を覗き込み、爪楊枝《つまようじ》のような小道具で器用に睫毛《まつげ》を整えながら言う。

「元がきれいな顔の子は得よ。お化粧でさらにきれいになるし、客のつきが断然いいもの。あなたは知らないかもしれないけど、売れっ子の湯女には指名もばんばん入るし、特別な手当もつくのよ。おなじ仕事している身なのに、ちょっと妬《ねた》ましいわよね」

奉公人の中に階級や序列があるとは聞いている。高みを目指すことで、接客の質が高まることを計算して設けてあるのだろう。

「猫娘たちなんて、湯女でもないのに、大物客からちょっと背中を流してくれってご指名が入って、金一封よ。おかげで旦那様の呼び声も高くて、あんな不祥事《ふしょうじ》を起こしておきながら図々《ずうずう》しく復帰もできた。口には出さないけれど、湯女たちはみんな怒っているわ」

早緑自身も腹を立てているようだ。

「私もよく知らないけど、京之介さんと猫娘たちは付き合いが古いみたいだから、多少の慣れ合いはあるかもしれないね」

　凛子は苦笑しながらなだめる。

「由良はともかく、紗良には気をつけたほうがいいわ。いつも猫を五匹分くらいかぶってるの。あなたに薬を盛ったのだって、紗良のほうだったという噂よ」

「それは本人たちから聞いたわ」

「女将《おかみ》の座を取られたことを妬んでるのよ。最近は営業時間中にふらっといなくなるという声もあるし、あの性悪《しょうわる》猫のことだから、そのうちまたなにかやらかすかもしれないわ」

　たしかに危うい感じはする。姉の由良もやや手を焼いているようすだった。

「あーあ、私も雑魚《ざこ》のご機嫌取りじゃなくて、上客のお相手ばかりしていたいものだわ」

　早緑がやっかみ半分に言って溜め息をつく。

「でも、上客のお相手はなにかと気を遣うから大変そう。私なら薬湯に入りに来るような庶民《しょみん》的なお客さんと与太話《よたばなし》をしている方が楽しいけどな……」

　このまえ河伯《かはく》のおじさんから、湯船に潜っていたら尻目（尻の穴が目玉になっている妖）に尻の目で睨《にら》まれて脅《おど》されたという話を聞いたときには、腹を抱えて笑ったものだ。

「お凛殿ったら欲がないのね」

　早緑はつまらなそうにこちらを見ながらも、

「でも、そのお気楽さが羨《うらや》ましいわ。私も昔は手柄や実績なんて気にしないでのびのびと仕事をしていられて楽しかったもの」

懐かしそうに言って苦笑いをする。

今はそうではないから、苦労しているのだろうか。仕事とは、長く続ければ続けるほどまわりが見えて、煩《わずら》わしい感情に縛《しば》られるようになるものなのかもしれない。

そこで、がらがらっと個室の引き戸が開いた。そういえば、もう一人、厠内《かわや》に妖がいたのだった。

凛子はぎくりとした。出てきたのは、なんと猫娘の紗良だ。

「だれの悪口言ってるのよ。僻《ひが》んでんじゃないわよ」「お座敷係のくせに湯殿まででしゃばってくるあんたが悪いのよ」みたいな喧嘩腰《けんかごし》のやりとりが始まるのかと思って凛子は身構えたが、そうではなかった。

紗良は無言のすまし顔で、すっと手水鉢のほうへ向かう。

早緑もさっさと化粧道具を片付けると、素知らぬ顔で化粧場を出ていく。

「…………」

手巾を手にしたままの凛子は、出ていくタイミングを逃して気まずい空気の中に取り残されてしまった。

紗良は清めた手を手巾で拭くと、無言のまま鏡の前に立って化粧を直しはじめた。猫も聴力は高い。さきほどの陰口は必ず聞こえたはずだが、気にしないタイプなのか、あるいは傷ついても必死にそれを隠すタイプなのか。横目で見ると案外、涼しい顔をしている。

ここで凛子が「ごめんね」と謝る義理はないし、「気にしないで」となだめるのも妙だ。下手《へた》なことを言って、あの鋭い猫爪でひっかかれたりするのも怖い。ここは無言でいくしかないなと思い、凛子が乱れてもいない前髪を鏡で直すふりをしてから、いたたまれない心地で化粧場を去ろうとすると、

「お凛ちゃん、簪《かんざし》がずれてるわよう」

引き留めるように紗良が言った。いつものゆったりとした口調だったが、ふり返って鏡越しに見た彼女の表情は刺々《とげとげ》しい。

「ありがとう。気づかなかった」

凛子は鏡の前に戻って簪の向きを直す。たしかに、多少向きがおかしかったかもしれない。

「紗良は今からお座敷なの？」

できれば自分も同席して、大蝦蟇を知る妖がいれば、彼の身辺情報を仕入れたかったな

と思いつつ問うと、

「いいえ。ちょっと出掛けてくるわ」

紗良は化粧直しの手を止めないまま答えた。

出掛けるって、どこへ？　と凛子は訝《いぶか》しく思う。

「お客様からお遣いを頼まれてるのよ」

訊きもしないのに、紗良がむっつりとした顔で言った。

やはり早緑との会話を聞いて怒っているようだ。だが、早緑と紗良では、すでに前科のある紗良のほうが分が悪いし、勤務中にふらっといなくなるなどという噂《うわさ》が立つのも妙だ。

凛子はあいまいにほほえんで「そうなのね」と頷《うなず》き、早々に厠をあとにした。

ほんの短い間のことだったのに、厠を出るとどっと疲れが出て、口から洩《も》れた小さな溜め息はことのほか重かった。

妖の世界でも、女同士の醜《みにく》い諍《いさか》いみたいなものがあるようだ。

早くよい香りのお風呂に入って忘れよう、と凛子は先を急いだ。

3.

〈庵《いおり》の湯〉は、中庭に面して佇む茶室の西側に設けられた貸し切りの檜《ひのき》風呂だ。

凛子が翔太のためにたてたのは、薬膳《やくぜん》に使用される杏仁霜《きょうにんそう》をまぜてつくった濁り湯だった。

杏仁とは杏《あんず》の実の種の殻《から》を取り除いたもののことで、それをすりつぶして粉にしたものが杏仁霜だ。アーモンドパウダーに風味は似ているが別物である。

春先にここに来たとき薬屋の卯月《うづき》から買ったものがまだ薬棚に残っていたので、それを湯に溶かして作った。子供の好みそうなやわらかでほの甘い香りを選んだつもりだ。

「気持ちいいね～」

凛子は翔太とふたり並んで、〈庵の湯〉の湯船に浸かっていた。

翔太は素っ裸だが、凛子は白い湯帷子《ゆかたびら》を身に着けている。凛子はあまり気にならなかったのだが、まだ幼い子供とはいえ、やはり相手は男子なので、京之介から着るようにと命じられたのだ。

翔太は着衣のまま風呂に入る凛子に驚いていたが、その昔は人間たちもこういうものを着て入浴していたんだよと教えてあげると納得したようだった。

湯殿は半露天になっているので、入浴しながら鬼火に照らされた坪庭《つぼにわ》を眺めることができる。

檜造りの湯船になみなみと張られた濁り湯からは、ほのかに甘い香りをはらんだ湯気がたちのぼっている。

「いい香りでしょう？　杏仁霜を混ぜてあるんだよ」

「きょうにんそう？」

「そう。杏仁豆腐《あんにん》を食べたことある？　あれの材料になるやつ」

「あるよ、白いプリンみたいなの。おなじ匂《にお》いがするね」

「でしょう？　お肌がしっとりすべすべになるんだよ」

湯ざわりもまろやかだ。

「凛姉ちゃん、どうしてそんなこと知ってるの？　魔法みたい」

「昔、一緒にお風呂に入りながら、お母さんに教えてもらったの。ハーブにも詳しい人だったから、いろいろ勉強になったよ」

「ハーブって、匂いがする葉っぱのこと？　ママもときどき草みたいなやつを料理に入れるよ」

「そう。料理にも使うよね。うちは家中ハーブだらけで、いつも水やりが大変だったよ」

凛子が就職先に薬草関連のお店を選んだのも、母の影響なのだ。

「イイ湯ダヨ」

いつのまにか来ていたオサキが、濁り湯からぴょこと顔を出した。

「あっ、なんか出てきたよ。白いのが」

オサキに気づいた翔太が目を瞠《みは》る。

次いで、ぴょこぴょこと七匹ほどが順番に姿を現した。

「オサキっていうの。私の友達だよ」

凛子はオサキを一匹、捕まえて翔太に渡した。湯水に濡れたオサキは、ふだんよりもかさがなくて別の生き物みたいだ。

「うわあ、小さいね。かわいい顔してるね」

翔太が、するりと彼の手を抜けてまわりで弧を描いて泳ぎ出したオサキを捕まえようとはしゃぎだした。濁り湯なので、どこから顔を出すかわからない。

「ねえ、凛姉ちゃん、人間って嘘じゃない？　ほんとにしっぽとか角とか生えてない？あっても隠してるやつがいっぱいいるんだって与力のおじさんが」

オサキを一匹捕まえた翔太は、半信半疑のようすで訊いてくる。

「ないない。正真正銘《しょうしんしょうめい》の人間だよ。私もここへは、無理やり連れてこられたようなものなの」

「そうなの？　どんなやつに連れてこられたの？」

「この湯屋の主よ。京之介さん」

「あの首に赤い布を巻いてる人?」

「そう。あの人は狗神《いぬがみ》なの。とても強い妖だそうよ」

「ぼくを連れてきたのはもっと怖そうなやつだったよ。真っ黒の着物着て、腫《は》れぼったい目をしてて、すげえキモかった」

「そうなの? お風呂で攫《さら》われたんだったよね?」

「うん。ママと銭湯に行って、ママと喧嘩《けんか》してお風呂に入ったら、いきなりあいつが出てきたんだ」

「ママと喧嘩したの?」

「うん、した。ママがもうひとりで男湯に入れっていうから……。ぼくはいやだって言ったのに、ママはもう一緒に入ってあげないからって怒りだして……ママが怖いから、ぼく、ひとりで男湯に行ったんだよ。そしたら、だれもお風呂に入ってなくて……、あの変なやつが出てきてぼくの髪の毛をひっぱって、お風呂の中にひきずっていったんだ」

それで湯水に巻かれて気を失い、気づいたら見知らぬ場所の暗い部屋の中で、籠《かご》に閉じ込められていたのだという。

「三味線《しゃみせん》の音が聞こえたんだってね?」

「うん。遠くからちょっと聞こえただけ。籠ごと床に転がったら籠がこわれて、抜け出すことができたの。真っ暗な部屋を飛び出したら赤い提灯《ちょうちん》がいっぱいある道に出て、そこでぶつかった鬼にまたつかまえられて……朝になったら与力のおじさんのところに連れていかれたんだよ」

つまり郷奉行所に保護されたということなのだ。ぶつかった妖が善良でよかった。

「ここはどこなの？　ぼくは死んで、地獄に来たの？　ばけものばっかりで怖いよ」

翔太は顔をしかめ、不安げに問う。

「大丈夫、翔太君は生きてるよ。それに、必ず元の世界に帰れるから心配しないで。妖たちの中には悪いやつもいるけど、京之介さんはいい人だし、与力の征良さんも警察みたいなもんだから安心して」

と、凛子も自分に言い聞かせるような気持ちで告げる。

京之介がほんとうにいい人なのかどうかは、正直、今朝になってよくわからなくなった。大蝦蟇を噛《か》んだのは、もしかしたら京之介かもしれない。あの脅しをかけるような威圧感は、自分の罪を隠そうとしているかのように見えなくもなかったから。

でも、もしそうだとしたら、なぜ客を噛むような真似《まね》をしたのだろう？

仮にもこの世界では夫である相手だ。いらぬ疑惑を持ちたくないから、はやく事件の真相を突き止めたいと思う。

「翔太くんは、ここに来るまで妖を見たことはなかったんだよね？」

中には生まれつき見える人間もいるというけれど。

「妖って、ここにいる人たちみたいなもの…？　見たことないよ。だからいきなり変なのが襲ってきてびっくりしたんだ」

翔太はお湯の中に浸かっているのにぶるりと震える。翔太を襲った妖は、脅しをかけるためにみずから姿をさらしたのだろう。

「凛姉ちゃんは？」

「十歳くらいから見えてたかな。狗神に噛まれてからよ。ほら、見てここ」

凛子は左手首の噛み痕を見せた。

「痛そう」

鋭い牙を思わせる噛み痕を見た翔太が、オサキを放して顔をしかめた。

「痛くはなかったけど、ちょっと怖かったかな。妖たちも見えるようになっちゃって、急に世界が変わったみたいだった」

良くも悪くも、自分の運命が変わった瞬間だったのだと思う。

「噛まれて、怒ってないの？」

「怒ってるよ。勝手にこんなところに連れてこられて、働くはめになっちゃって。でもよかったなって思うこともあるの。オサキたちに出会えたし、こうやって翔太君とも出会えたしね」

凜子はほほえんでみせた。妖が見えるせいで迷惑を被《こうむ》ることも多くて、嫌だと思うけれど、ふつうに生きていたら巡り合えなかったいろいろな縁に恵まれて、こういうのも悪くないなと思えるようになってきた。

「ぼく、いつになったら人間の世界に帰れるの？」

体が芯からぽかぽかしてきたころに、翔太が心もとないようすで訊いてくる。

「うーん、いつになるかな。なにかの拍子でこっちとあっちが偶然に繋《つな》がることがあるんだって。運よくそれが起きてすぐに帰れればいいんだけど……」

それが明日になるか、一か月後になるか、一年後になるかはわからない。そういえば、この湯屋の〈玉響《たまゆら》の湯〉が十年後に繋がることはわかっているが、あまりにも先過ぎる。

「凜姉ちゃんは帰りたくないの？」

「帰りたいと思ってるよ。でも、ちょっとこの湯屋のことも気になるの」

湯屋の威信を揺るがす厄介《やっかい》な事件が起きてしまった。

凜子としては、京之介が無実だと信じたいし、もしそうなら疑惑を晴らしてあげたい。

春にここに来たときはいろいろ助けてもらったので、どうせここにいるなら自分もなにか彼の力になりたいと思うのだ。

「この温泉郷は嫌いじゃないしね……」

凛子は湯潜りをしているオサキを集め、鬼火の炎に照らされた坪庭をながめながらつぶやく。灯籠《とうろう》や石組みの隙間《すきま》には緑の苔《こけ》がこんもりとむして、クマザサや薄紫色の花をつけたキボウシなどが生えて風情《ふぜい》がある。

「凛姉ちゃんは、あの狗神にとりつかれてしまったの？」

不思議そうに問われ、凛子ははっと胸をつかれた。

とりつかれた。他人から見たら、そんなふうに見えるのだろうか。

ちがうよ。そう言おうとしたが、できなかった。

幼いころに嚙み痕をつけられ、運命を変えられてしまった。京之介はそれが縁で結ばれているからなのだと言ったけれど、この先も京之介の思惑通りにこの温泉郷に惹《ひ》かれて留まり、心地よく彼に手懐けられてゆくのだとしたら、自分はあの狗神にとりつかれているのにほかならない――。

凛子が黙り込んでしまって不安が増したのか、翔太がいつのまにか涙ぐんでいた。

「ぼくは……ママが無理やりひとりでお風呂に入らせるからこんなことになったんだよ。

ママのせいだよ。ママなんか大っ嫌いだ」

泣きべそをかきながら訴えだすので、凛子はややうろたえた。

「パパは？　パパは一緒に行かなかったの？」

「パパなんかいないもん」

「そっか……」

翔太の母親はシングルなのだ。

「ママのこと、ほんとうに嫌いなの？」

この年で母親を本気で嫌うはずはないから、感情的になっているだけだとは思うけれど。

「嫌いだよ。だって勉強しなさいとか、早く寝なさいとかうるさいし、このまえの授業参観も来てくれなかったし。もうお風呂も一緒に入ってくれないし……」

凛子ははっとした。男の子だから、そろそろ卒入浴の時期かもしれない。卒入浴とは、それまで親と子が一緒に風呂に入っていたのを、どちらかの意思でやめることをいう。

ふつう、風呂で溺《おぼ》れる心配がなくなり、体もある程度自分で洗えるくらいの年齢になれば、自然と別々に入るようになっていくものだが、もちろん年齢の制限はないし、家庭ごとの自由だから、他人がとやかく言う問題でもないと凛子は思う。

凛子などは同性だし、片親で母によく懐いていたために、母が亡くなる十歳までほとんど毎日、一緒に風呂に入っていたし、温泉や銭湯にも何度か行ったものだ。

「ママはぼくのことが嫌いなんだよ。だからぼくもママのことなんか嫌いになってやるんだ。ママなんか大っ嫌いだよ」

翔太は頬《ほお》をふくらませ、捨て鉢《ばち》な調子で言う。

「ママはどんなお仕事をしてるの？」

凛子は火照《ほて》りはじめた翔太の顔を覗《のぞ》き込んでたずねた。

「美容師」

「美容師さんか。素敵じゃない。翔太君の髪型、おしゃれだけど、ママが切ってくれてるのね？」

うなじの部分がすっきりしていて、まだカットして間もない印象だ。

「そうだよ。ママは人気の美容師さんだよ。ママに切ってもらいたいお客さんがいっぱいいるんだって。頭もすごい上手に洗ってくれるよ」

一変して明るい表情になって、翔太が言う。

「そうだよね。美容師さんてシャンプーとっても上手で気持ちいいもんね。ママは休みの日はなにをしてるの？」

「一緒にゲームする。コンビニにプリン買いに行ったりもするよ。このまえぼくの誕生日にケーキ屋さんに行ったよ、そしたらぼくの顔が載ったケーキが売っててびっくりした。ママはそれを買ってくれたんだよ」

はじめから予約してあったのだろう。最近は似顔絵を描いたり、写真をそのまま転写してまわりをフルーツや生クリームできれいに飾ったオリジナルケーキを扱う店も多い。

「そっか。じゃあ、ママは翔太君のこと、嫌いになったんじゃないと思うよ。ママが参観日に来られなかったのも、きっとお仕事が忙しいせいなんだよ」

「お友達のママは、ちゃんとみんな仕事休んできてくれるよ？」

「お仕事は人によっていろいろ違うからね。ママには髪を切ってもらうのを楽しみに待っているお客さんがたくさんいて、ママはその人たちを待たせたくないのよ。でもそれは、翔太君のことを嫌いっていうのとは違うと思うから大丈夫だよ」

「ダイジョウブ、ダイジョウブ」

目の前に泳ぎ着いたオサキが真似《まね》ていうので、翔太は「この子、喋《しゃべ》ったよ」と目を丸くした。

凛子はひと呼吸おいてから続けた。

「……私もね、お父さんいないの。翔太君とおなじでママだけ。だから私のママ、お金稼《かせ》ぐために一生懸命働いてたよ」

その母ももういないけれど、そこにはあえてふれないでおいた。

「凛姉ちゃんのママはなにをしてる人なの？」

「ママね、看護師さんだったの」

「病院で働く人？」

「そう。だから日曜日も仕事のことが多くて、参観日も来てもらえないことあったよ」

予定がわかっていて、あらかじめ休みを取ってあっても、急遽《きゆうきよ》代わりが必要になって出勤になり、結局来られなかったということがあった。

「私も寂しかったけど、お母さん、自分のために頑張って働いてくれてるんだから仕方ないって思うようにしてたよ。休みができれば、ちゃんと銭湯とか温泉とか連れていってくれたし。翔太君も、ママと銭湯に行くよね？」

「うん。でもひとりで男湯に入れって、怖い顔で怒るようになったから……」

思い出したらしい翔太の顔が曇る。

それはおそらく、早く自立してほしいと願う母親の気持ちの現れなのだろう。誕生日を機に、卒入浴を決めたのだ。まだ決して突き放すべき時期でもないと凛子は思うけれど。

「ママは翔太君に強くなってほしいんだと思うよ」

凛子はなだめるように言うが、

「でも、ママともう一緒にお風呂に入れないなんていやだよ。そんなケチなママは嫌いだっ」

翔太は寂しい気持ちのほうが大きいようで、それきりぶすっと黙り込んでしまう。

まだたったの六歳だ。大人のように、事情を理解して簡単に割り切れる年ではない。

凜子も仕事に時間をとられる母のことが恨めしくて、ものわかりのよい子でいようと頑張ったけれど、結局しまいには母にわがままを言って困らせ、最終的に彼女に泣きつくことしかできなかったものだ。

4.

風呂から上がると、翔太は凜子と京之介に見守られながら、浴室の東側にある茶室でご飯を食べた。京之介が厨《くりや》に支度《したく》させてくれていたのだ。

黒塗りの宗和膳《そうわぜん》の上に、ほかほかの白米、赤味噌仕立ての汁物、おそらく三途《さんず》の河産のししゃものような小さな、香ばしい焼き魚が三匹。ふっくらと焼けただし巻き卵に、とろりと甘辛《あまから》いタレをまとった肉団子、青菜のおひたしなど、子供向けではないものの、体によさそうな料理が並んでいた。

ひさびさに風呂に入ってすっきりしたのと、凛子が人間なので安心したのもあってか、翔太はしばらく夢中になってがつがつとご飯を食べた。

クセのある珍奇な異界の食べ物ではなく、人間の郷で見られるような料理をとりそろえたのもよかったのだろう。

「京之介さん、ありがとう」

凛子は、翔太の斜め横あたりに肘をついて横たわり、寛《くつろ》いでいる京之介に礼を言った。彼は軽くほほえんだ。

こんなふうに快《こころよ》く面倒を見てくれる京之介が、事情がどうであれ、湯屋を訪れた客に嚙《か》みつくとは思えない。そんな人だとは思いたくないと凛子は思う。彼がときおり見せてくれる優しさやまごころみたいなものが本物なのだと信じたい。

ほどなく、薬湯からあがった与力の征良が、湯上がりの火照《ほて》った顔で翔太を迎えに来た。

「まことにいい湯であった。坊の機嫌はいかがか?」

征良は翔太の向かいにあぐらをかいて座る。

「征良さんの長風呂のおかげで、翔太君がご飯をお茶碗《ちゃわん》に二杯もたいらげたわよ」

凛子が白米の入った小ぶりのお櫃《ひつ》の蓋《ふた》をぽんぽんと叩きながら言った。

「おお、それはよかった。飯代は某《それがし》が払うゆえ、思う存分に食えよ」

征良はすっかりと顔色のよくなった翔太を、ほほえみながら覗き込む。

「お代はいいって京之介さんが。……与力様もお茶をどうぞ。冷たい麦茶です」

凜子は湯呑《ゆのみ》に麦茶を注いで征良に渡す。

「む。お気遣い感謝いたす」

征良が火照った頬をさらにぽーっと赤らめつつ、凜子から湯呑を受け取る。

「与力殿は、毎度なにをそこまで赤くなる必要が？」

京之介がわざとらしく指摘するので、

「な、長風呂をしたゆえ、頬も火照るのだ」

征良は冷えた麦茶を、一気に流し込んだ。

「与力のおじさん」

翔太が空《から》になった茶碗と箸《はし》を膳に戻して言った。

「おじさんではなく、お兄さんだ」

「ぼく、ここにいたい。この姉ちゃんと一緒にいたい」

となりにいた凜子の袂《たもと》をぎゅうと握って言う。

「ここに？」

「この通り、凜子に懐いているので、しばらくうちで預かろうと思うんだがどうだ？」

京之介が半身を起こしながら申し出る。

実はご飯を食べているときに翔太が言い出したのだ。ここで暮らしたいと。

凛子も、おなじ人間だと思うと愛着も湧いて、翔太が望むならぜひとも一緒にいてあげたいと思った。

京之介は「いいよ」と快く承諾《しょうだく》してくれた。理解があって、凛子の望みを聞き入れてくれる彼の姿勢は以前と変わらない。

「私が責任をもって面倒を見るからまかせてください。一緒に釜場《かまば》で働けばいいって百爺《もんじい》も言っていたの」

百爺こと百々爺《ももんじい》とはこの湯屋の湯守頭《ゆもりがしら》であり、凛子の持ち場である釜場の責任者で、さきほど彼に事情を話して了承を得てきたところだ。

征良は少し考えてから、

「うむ。坊がいたいというのなら、まあそれでもよいだろうか。しかし三代目に面倒をかけてはならぬぞ。おりこうにしていると約束できるか、坊」

翔太の目をじっと見つめて問う。

「うん。できるよ」

「そうか。では世話になるがいいわ」

「わあい、ありがとうっ」

翔太が立ちあがって喜んだ。

「……では某はそろそろご無礼する。いつになるかはわからんが、人間の郷に繫《つな》がる日がわかり次第、急ぎ、この〈高天原《たかまがはら》〉に知らせをよこすとしよう」

征良が湯呑を座卓に戻して席をたつ。

見送るために腰を上げた凛子は、そこで「ん？」と気づいた。人間の郷に繫がる日――つまり、元の世界に帰れる日の情報が確実に手に入るということではないか。

「わかりました。ご連絡お待ちしてます、征良さん！」

あわよくば自分も一緒に、と思いながら威勢よく返事をした。

が、どうやら下心を読まれてしまったようだ。

「手切れ金残高およそ四〇両也《なり》。君はもちろん帰ったらだめだよ、凛子？」

京之介に、にっこりとほほえんで念押しされたのだった。

第三章　花街へのお遣い

1.

翌日。

昼夜逆転の生活に慣れない凛子《りんこ》は、寝坊してしまった。

湯屋は暮れ六ツ（午後六時）からはじまるので、昼八ツ（午後二時前後）には起きて下準備をはじめなければならないのだが、昨夜、百爺《もんじい》と湯加減を見まわったり、みんなで浴槽の掃除などをして朝の八時すぎにようやく就寝したために、昼過ぎに起きることはできなかった。

「姉ちゃん、凛姉ちゃん……、起きてよぅ」

枕元で翔太《しょうた》の声がする。肩先を小さな手で揺り動かされて、凛子は目を覚ました。

「はっ、私、寝坊した?」

時計を見ようとまわりを見回すが、もちろんそこはいつもの東京のアパートの自室ではなく、時計もない。そして自分はベッドではなく、敷布団に寝ていて、枕元には六歳前後の小さな男の子がいた。

この子だれだっけ？　と一瞬、戸惑ったが、すぐに昨夜のことを思い出した。

「おはよう。早いね、翔太君」

凛子は目を擦りながら言う。

ゆうべはここで鈴梅《すずうめ》と三人で枕を並べて眠ったのだが、鈴梅はすでにおらず、凛子の布団以外はきれいに片づけられていた。

そして翔太は〈高天原《たかまがはら》〉の奉公人のお仕着せを着ている。小柄な奉公人向けに小さなサイズがあるようだ。一丁前に襷《たすき》までしているが、お遊戯会《ゆうぎかい》の舞台衣装みたいで可愛《かわい》らしかった。

「ぼくね、ママへのお土産《みやげ》を買うために、今日から凛姉ちゃんのお手伝いをしてお金を稼《かせ》ぐことにしたよ。温泉街に行けばいろんなものが売ってるから、そこで好きなのを買うといいって言われたんだ」

「そっか。いいね、お土産！」

昨夜はお風呂でつっぱってママなんか嫌いと言ってたけれど、一晩たって素直になったようだ。実は、寝言で恋しそうに「ママ……」と言っているのもこの耳で聞いた。やっぱりママのことは大好きで、会いたくてたまらないのだろう。

「でも、働くといっても、ここも妖《あやかし》だらけだけど大丈夫？」

凛子は布団を畳《たた》みながら、念のため問う。

「うん、大丈夫。京之介《きようのすけ》兄ちゃんが、さっきご飯のときに怖くないよって教えてくれたんだ」

「京之介さんが？　もしかして一緒にご飯を食べたの？」

「うん。昨日の畳の部屋で」

「京之介兄ちゃんがね、家のようすを見ることができる道具があるって教えてくれたよ。うちの住所がわかれば見えるって」

「浮世覗《のぞ》きのことね？　住所は言える？」

「うん。京之介兄ちゃんに教えたよ。今度、見せてくれるって言ってた」

翔太の表情は、昨夜までとは一変してほがらかになっている。京之介ともずいぶんうちとけたようすだ。

「……京之介さんのこと、もう怖くない？」

凛子は折り畳んだ布団を押し入れに片付けながら問う。

「うん。あのね、内緒にしといてって言われたけど……」

翔太が声をひそめ、なにか特別な宝物でも見せるようなきらきらとした目をして続ける。

「京之介兄ちゃんも、半分はぼくたちとおなじ人間なんだって」

「え……？」

凛子は耳を疑った。

半分はぼくたちとおなじ人間――？

「それ、ほんとうなの、翔太君……？」

一瞬、頭が真っ白になりかけた。

「ほんとうだよ。ぼくとおなじくらいのときにここへきて働くようになったんだって。だからぼくも働くことにしたんだよ」

翔太が無邪気に答える。

「おなじくらいのときにここへ来た……？」

つまり六歳ごろに？　それは初耳だ。

「はやく行こうよ、凛姉ちゃん、ぼく、先行くよ」

翔太は待っていられないようで、そのまま元気に部屋を飛び出してゆく。

そういえば京之介は以前、「俺の母上は狗神《いぬがみ》ではなかった」と言っていた。何であったかまでは教えてくれなかったけれど、まさか人間だったとは。

彼は半妖で、自分とおなじ人の血が彼の体にも流れている――。

「そういうことなの……？」

言葉にならない衝撃を受けたまま、凛子はその場に立ち尽くす。

しかも、六歳でここに来たなんて。京之介はそれまで人間界にいたということだろうか？

母親は今どこにいるのだろう。そういえば、この湯屋ではそういった人物は見かけない。母違いの弟も一人いると言っていたが、姿はない。父親は湯屋を継ぐ時点で亡くなったとして、あとのふたりはどこへ行ってしまったのだろう。

疑問があとからあとから、ふつふつと湧いてきて、寝起きの凪《な》いでいた胸の中は大いにかき乱された。

2.

身支度《みじたく》を整え、宿舎の座敷に残されていた食事をうわの空で食べ終えた凛子は、仕事にとりかかろうと本館へ向かった。

頭の中は、京之介のことでいっぱいだった。通りすがりの奉公人をつかまえて問いたいくらいだが、翔太に秘密として打ち明けられた以上、口にすることはできない。

そもそも、奉公人たちにも彼の素性がわかっているのかどうか謎だ。初代から勤めているという百々爺《ももんじい》ならさすがに知っていそうだけれど。

通路を歩いていくと、玄関の広間に出る手前のところで翔太が壁の陰にかくれたまま留まっていた。

番台には白峰《しらみね》がいるが、知って知らぬふりをしているようだ。そういえば昨夜は、白峰は休みで不在だったから、ふたりが顔を合わせるのははじめてかもしれない。

「どうしたの、翔太君。ずっとここで待ってたの？」

凛子が声をかけると、

「さっきまで鈴梅姉ちゃんと中庭にいたけど……」

翔太は凛子をふり返ったものの、ふたたび不安げに番台のほうを見やる。

「もしかして番頭さんが怖いとか？」

耳が尖っているうえに隻眼《せきがん》だし、髪が肩の半ばまである男はめずらしいから近寄りがたいのかもしれない。

すると案《あん》の定《じょう》、「うん……」と翔太が控えめに頷《うなず》く。

「大丈夫。見かけによらずいい人なの」

多分。と心の中で付け足しつつ、凛子は翔太の手をとって玄関先の広間に出ていった。

「おや、遅いお目覚めで、お凛殿」

番台で帳簿《ちょうぼ》に目を通していた白峰が、顔をあげて言った。

「はい。おくれて申し訳ありません」

白峰の隻眼は、すぐに翔太に移った。

「この子が翔太君とやらですか」

「そう。与力《よりき》の征良《まさら》さんが連れてきたの。人間の郷から攫《さら》われてきたらしくて……」

「ええ。旦那様《だんなさま》から聞いていますよ。まあ、生きた人間でこの温泉郷にいる者の大半は攫われてこちらに来た者ばかりです。ときおりあなたのように、みずからやって来るすっとこどっこいもおりますが」

「私も思いっきり攫われて来たクチなんですけど」

白峰はそこは聞き流し、

「さて、本日ですが、あなたにお遣いの任務があるのです、お凛殿」

「お遣い？」

「ええ、実は百目《ひゃくめ》殿から、今夜、うちの茶菓子を花街《はなまち》のお座敷まで差し入れてほしいと頼まれまして」

百目というのは〈高天原《たかまがはら》〉の上客のひとりで、凛子も面識がある。

「この湯屋は差し入れとかもしているの？」

「いいえ、百目殿の特別なご希望です。このまえの草餅《くさもち》をずいぶんとお気に召したようで。口の肥《こ》えた芸妓《げいぎ》や遊女たちに配ってご機嫌取りをしたいといったところでしょう。お座敷には遊女らだけでなく、ほかの大物のお客も同席しています。〈高天原〉の焼き印を押した草餅を出せばうちの宣伝になりますからありがたい話ではあります」

「なるほど、たしかに」

「ですから、ただちに草餅を作って準備をしてください。宵《よい》五ツ（午後七時）になるまでに届けてくれとのことです」

「わかりました」

京之介のことで頭がいっぱいでなにも手につかなそうだったが、名指しで仕事が貰《もら》えたとなると俄然《がぜん》やる気が出てきた。

「翔太君も手伝ってくれる？　中庭から続いている山で摘《つ》んだよもぎで作るの」

「いいよ」

「じゃあ、やりましょう」

凛子は翔太を誘って、さっそく草餅作りにとりかかることにした。

よもぎは艾葉《がいよう》と呼ばれる生薬のひとつで、血の巡りをよくしてくれたり、お通じをよくしてくれたりと、体によい効果がたくさんある。そのよもぎを利用して作る草餅は、はじめてここに来たときに鈴梅と一緒に作って、みんなに気に入ってもらえた思い出の食べ物だ。

春先よりも葉が大きくて強くなり、灰汁《あく》抜きが必要になっていた。季節が移り変わったのだと凛子は思った。なるべくやわらかな若葉の部分だけを摘み取り、それでも繊維《せんい》が多いから、すりつぶす作業も念入りにして、それを米粉と白玉粉で作った餅の生地に混ぜた。小豆《あずき》を茹《ゆ》でて三温糖をひかえめに加えた餡《あん》を生地で包んで、中庭にある地獄釜で坩《たん》に蒸してもらう。

優しい甘みに仕上がるように作るのが凛子のこだわりだ。

草餅が蒸しあがってくると、凛子はそれを京之介にも届けることにした。

主食にしたいと言ってくれたほどなので、きっと喜んでもらえるのではないか。

彼の姿が見当たらないので白峰に居場所をたずねると、茶室で昼寝ではないかと教えられた。

「またなのね……」

京之介は上客や取引先の接待が主な仕事で、あとは昼寝をしていることが多い。犬は寝ていることが多い生き物ではあるけれど。

——京之介兄ちゃん、半分はぼくたちとおなじなんだって。

翔太が言っていた言葉が甦《よみが》える。実は草餅を作っているときもずっと気になっていて、胸がざわついたままだった。ほんとうに彼は半妖なのだろうか。だとしたら、どうしてなのだろう。人間だった母と、狗神だった父は、いつ、どうやって出会ったの？

凜子はまた京之介の素性《すじょう》が知りたくてうずうずしてきた。

けれど、翔太が京之介から口止めされている手前、京之介本人はもちろん、ほかのだれかにも訊きづらい。

草餅を載せた盆を持った凜子は、障子戸《しょうじど》の開け放たれた茶室の広縁《ひろえん》から中を覗いてみた。

果たして京之介がこちらを背にして横になり、片方の腕を枕にして昼寝をしている姿が見えた。

広縁に沿って、足湯をする場所が設けられているのだが、その湯水の中にはあいかわらず七色の花がゆらゆらと咲いている。以前、京之介と一緒に眺めた花だ。

「この季節まで咲いてるんだ……」

凛子は日没前でも神秘的な感じのする湯花を尻目に、履《は》き物を脱いで広縁から茶室へと上がっていく。

彼には、半分は人の血が流れている。真偽は謎だけれど、もしそうなら、印象ががらりと変わってくる。なにか言いようのない親近感をおぼえてしまう。

そもそも、いつも人の姿をとっているから、京之介の正体があの大きな狗神とは考えにくい。幼いころに見たことがあるから、それとわかるだけのことだ。色素の薄い髪や、深く美しい琥珀《こはく》色の瞳は浮世離れしていて、ほかの妖たちと同様に、たしかに人ならざる者である気配も感じられるのだが——。

京之介は気づかず、すやすやと寝ている。中庭の大湯から湯水の流れ落ちる音が聞こえるほかは、あたりはしんと静まり返っていて、緑の香りを孕《はら》んだ夏の風が、広い十畳間をゆっくりと旋回していくだけだ。

抜き足で彼に近づいた凛子は、ふと、寝ている彼の首元が露わになっていることに気づいた。

いつも赤い和布で隠しているのに、それがない。暑い季節だから、ひと目につかないと

に静かに膝をつき、草餅の盆を横に置いてから、どきどきしながら
密が明らかになるような気がして、胸がはやった。異類婚姻譚《たん》は、見て
を見ることで破局するパターンが圧倒的に多い。

こには、細い紐《ひも》が二重に巻かれていた。鮮やかな赤い糸が細くきれいに撚《よ》りあ
できた、襦袢《じゅばん》とおなじ緋色《ひいろ》の組紐だ。米粒よりもまだ小さい、細かできれいな天
を連ねた飾りみたいなのも紐と一緒に回っている。一見して、ただの和風チョーカー
ような印象を受けた。

なんだ、ただの飾りだったの。

醜《みにく》い古傷だとか、もうひとつ目や口があるのを隠しているとかを想像していたので、正直、拍子抜けした。

しかし凜子は、その組紐を、息をつめてじっと凝視した。

どこかで見たことがあるような気がするのだ、この鮮烈な緋色の紐。

記憶が甦って、はっとした。幼いころ京之介を助けたとき、彼の体に巻かれていた赤い

紐に似ている。

そうだ。もう十年も前のことなのではっきりとは覚えていないけれど、紐の色はたしかにこんな鮮やかな赤だった。これはもしや、あのときの紐そのものではないか――？

懐かしいような、不思議な感慨《かんがい》に駆られ、凛子はなぜか、それにさわってみたくなった。

……は気づかない。すっかりと寝入っているのだろうか。そう思わせておいて、いき

……しれない。この前もそうだった。

……といいことに、どきどきしながら指を伸ばす。

……警告された。紐や縄にだって安易にふれないよ

……に強い好奇心が生じ、それに抗《あらが》うことが

……ちに、惹《ひ》かれるように指先でふれていた。

……珀の双眸《そうぼう》が鋭くこちらに向いている。寝起きとのような濃い警戒に満ちたまなざしで。

凛子はぞくりとした。幼いころに見た狗神《いぬがみ》の姿が脳裏《のうり》に甦った。艶《つや》やかな真っ白の被毛《ひもう》、しなやかで力強い肢体《したい》。魂を取り込まれてしまいそうな獰猛《どうもう》な威圧感。今にもあの狗神の姿になって襲ってきそうな――。

「ご、ごめんなさ……」

おののきのあまり、蚊の鳴くような声で返すのが精一杯だった。全身に鳥肌が立ち、それ以上、声も出ない。

けれども、相手が凛子だとわかると、たちまち彼の目から警戒が失せた。

「凛子か……」

どこかほっとしたようすで、彼は摑《つか》んだ手を離し、半身を起こした。

「あの……、めずらしく布を巻いてなくて……これなにかなって、気になって……」

凛子は訊かれもしないのに、動揺《どうよう》しながら言い訳のように説明していた。

心臓が割れんばかりにどきどきしていた。こんなに驚かれるとは思わなかった。これはたしかに禁忌《きんき》のようだ。

「ただの飾りだよ」

「飾り……？」

たしかにそう見えなくもないが。

「なら、どうしていつも隠してるの？　せっかくきれいな飾りなのに……」

「首は大事だから守っているだけだよ」

京之介は淡々と言い、袂《たもと》から夏らしい紗《しゃ》の襟巻《えりまき》を取り出すと、手慣れたようすで首に巻きなおす。美しい組紐は、布に隠れてただちに見られなくなった。

凜子は次の言葉が出てこなかった。それ以上の追及は避けているように感じられたからだった。鼓動はいまだ早鐘のようで、体の芯も震えたままだ。

「おいしそうな草餅だ」

京之介の視線が、凜子の横に置かれた草餅に移った。

「あ、これ、さっき作ったの。百目様に届けるやつ。京之介さんもどうかなと思って」

凜子は妙なわだかまりを感じつつも、おずおずと草餅の並んだお皿を差し出す。

「ありがとう。久しぶりに凜子の手作りおやつだな」

京之介の表情がやわらいだ。

「これから百目のところに出かけるのかい？」

彼はたずねてから、ひとつ、草餅をつまんで口に入れた。

「ええ。鈴梅と、翔太君も一緒に。……花街って子供の行くところじゃないと思うんだけど、どうしても行きたいって言うから」

「仕方ない。まだまだ君と離れるのは怖いんだろう」

京之介が草餅を味わいながら言う。

「おいしくできてる？」

「おいしいよ。凛子が作るものは甘みが抑えてあっていいな……。甘いものでも、こうやって素材の風味を楽しみながら食べられるのが好きなんだ」

京之介はふたつ目に手を伸ばしながら、ゆったりと寛《くつろ》いだ表情で語る。さっきの警戒は嘘のように失せていて、凛子も徐々に緊張が抜けるのを感じた。

六歳ごろにここに来たのなら、それまでは人間界で育ったのだろうか。だとしたら、人間界の食べ物もたくさん知っているのだろうか。凛子はどうも彼の素性にばかり結びつけてしまっていけない。

「そうだ。これをつけていくといいよ」

ふたつ目を食べた京之介が、袂からなにか取り出して手渡してきた。

さらさら……と細やかでやわらかな鈴の音がする。知っている音だ。

見ると、鈴のついた帯飾りだった。飾り部分が空色のものと、薄桃色のものとふたつある。

「これ、魔除《まよ》けの水琴鈴《すいぎんれい》ね？」

これは、持ち主の精気を糧《かて》にして魔除けの効果を発揮する鈴だ。人間は弱いためにほかの妖たちから狙われやすいが、これを身に着けていれば目立たなくなって襲われにくくなるし、万が一拉致《らち》されたときなどに、足取りをつかむ手段にもなるのだという。

そういえば、前にこの温泉郷に来たときに京之介がくれたものは、泊まっていた箱根湯元《はこねゆもと》の温泉旅館に置いてきてしまった。飾りとして気に入っていて、いつも持ち歩いていたのだが。

「この青いのは、翔太君の分？」

凛子はもう一方のほうを示して問う。

「ああ。明け方に、鈴彦姫《すずひこひめ》に作らせたんだ。間に合ってよかった」

「そうなんだ。ありがとう」

小さな心遣いに、胸がじんわりとあたたかくなった。鈴梅曰《いわ》く、この水琴鈴は鈴彦姫の手作業で作られるため、かなり値も張るのだという。

「気をつけて行っておいで」

京之介がほほえんで言った。

いずれにしても、こんなふうに他人を思いやってくれる京之介が、たとえ感情的になっていたのだとしても大蝦蟇《おおがま》に嚙《か》みつくなんて考えにくい。

その後の情報収集もあまりはかどっていないのだが、はやく真犯人が見つかるといいなと凛子はひそかに思いなおした。

帯の隙間《すきま》に帯飾りを差し込むと、さらさら……と細やかな鈴の音がこぼれた。

3.

西の空が赤く焼けはじめるころ。

凛子は鈴梅と、猫耳のついたカツラをかぶった翔太と三人で、百目にお菓子を届けるために花街《はなまち》を訪れていた。

河の区の花街は、温泉街続きに南へ伸びた大路の遊郭《ゆうかく》だらけの一角をさす。

そこは温泉街の賑《にぎ》わいとはまたひと味違っていた。丹塗《にぬ》りの妓楼《ぎろう》がずらりとひしめいて、三味線《しゃみせん》の音やにぎやかなお囃子《はやし》がどこからともなく聞こえてくる。

鬼火に照らされた籬《まがき》のむこうから、艶《あで》やかに彩った遊女の妖たちが手を差し伸べたり、吸いつけ煙草《たばこ》で客を呼んでいるのが見える。

「お祭りみたいだね」

翔太が華やいで混雑した大路をきょろきょろと見回しながら言うと、

「ここは妓楼ばっかが並んでる特別な区域だべ」

鈴梅もあまり足を踏み入れない場所なので、物珍しそうに籬の向こうを眺めながら教えてくれる。

「こんなところがあるとはね……」

温泉に浸かって寛いだあとは女と戯《たわむ》れて楽しめるというわけだ。気持ちのよい温泉に、おいしい食べ物、そして綺麗《きれい》な妖の女たち。この温泉郷は文字通り極楽の地ではないか。

「百目様がいらっしゃるのはこの店だべ」

鈴梅はひときわ豪奢《ごうしゃ》な佇《たたず》まいの楼閣《ろうかく》の前で足を止めた。

反り屋根の三階建てで、扁額《へんがく》に金文字で屋号が〈風間屋《かざまや》〉と彫られている。張り見世は総籬で、大物の妖のみが出入りできる、花街の中でも指折りの大見世だという。

「湯屋〈高天原〉でございます」

鈴梅が暖簾《のれん》をくぐって、挨拶《あいさつ》をした。

「あらあ、〈高天原〉さん、おいでなんし。お遣いご苦労様」

遣《や》り手とおぼしき年嵩《としかさ》の鬼の妖が、にこやかに出迎えてくれた。すでに話がいっているらしい。

三人が沓脱場《くつぬぎば》で履き物を脱いでいると、板張りの廊下《ろうか》をしゃなりしゃなりと歩いてきた遊女が翔太に目をつけた。

「んまあ、愛らしい坊やでありんすね」

声を聞きつけて、ほかの遊女たちもわらわらと集まってきた。

額に角《つの》があるのもいれば、尻尾《しっぽ》をふわつかせているのもいる。皆、うっとりと見惚《みと》れてしまうような色鮮やかな柄の着物を着て、男好きのしそうな化粧《けしょう》をおのおのきれいにほどこしていて麗《うるわ》しい。

「〈高天原〉の丁稚《でっち》どんでありんすか？」

「そうだべ」

鈴梅が、艶々《つやつや》とした遊女たちに取り囲まれてしりごみしている翔太に代わって答えた。

「いい帯飾りぇ。少うし見せてくりんせんか」

遊女のひとりが、めざとく翔太の腰帯についている帯飾りの水琴鈴を指さして言う。高価な鈴彦姫の鈴は、装飾品としても注目を集めるようだ。

「おや、ぬしもつけていたでありんすね」

凛子のとなりに来た遊女も、帯飾りに気づいた。

「うちの旦那様《だんなさま》が買ってくれただよ」

鈴梅が誇らしげに答えると、

「ああ、羨《うらや》ましい。わっちも狗神《いぬがみ》の旦那にねだろうかしら」

「無理よ、かのさまは天下の〈鳴海屋《なるみや》〉びいきだから、うちには来んせん」

などと口惜しそうに話し出す。

「坊やはどこの郷の出身で？　この可愛《かわい》いお耳は猫又でありんすか？」

偽物の耳をつつかれ、翔太があわあわと凛子の陰に隠れる。凛子も圧倒的な華やかさの遊女たちに気圧《けお》されてしまってなにも言えないでいるので、

「この子は実は郷奉行所から預かった子だべ」

鈴梅がひそひそ声で告げると、「そうでありんしたか」と言って、一斉にちょっかいを出す手をひいた。皆、郷奉行所のことはそれなりに怖れて、関わりを断っているようだ。

「おいでくんなまし。〈高天原〉さん。わっちがご案内しんす」

髪のかさの多い大禿《おおかむろ》とおぼしき小柄の妖が、凛子たちに声をかけて奥の方にさし招いた。百目の座敷に案内してくれるようだ。

楼閣内部は外から見るよりも広く、廊の両側に絢爛豪華《けんらんごうか》な襖《ふすま》の立てられた座敷が並んでいた。どの部屋からも高らかな嬌声《きょうせい》や三味線を奏でる音などが洩《も》れて賑《にぎ》わっている。

大禿が金泥《きんでい》引きに孔雀《くじゃく》の描かれた襖の前で止まり、膝をついた。

「百目様はこちらでありんす」

襖の向こうで、べべん、べん、と琵琶《びわ》の音を〆る音がして、わっと座敷が沸いた。

その折を見て、大禿が襖を開けてくれた。

中では百目が、のっぺらぼうの遊女たちとどんちゃん騒ぎをしていて、ほかにも賓客《ひんかく》と思われる身なりのよい妖が数人いた。

「百目様、〈高天原〉様がお届け物をお持ちになりんした」

大禿が告げると、「通してほしいんだな」と百目が答え、大禿に導かれて凜子たちは座敷に入っていった。

「おお、久しぶりなんだな」

体中に目のある百目が、凜子を見てすべての目元を緩《ゆる》ませた。

「お久しぶりです、百目様」

凜子は、のっぺらぼうの遊女や百目の無数の目玉に腰を抜かしそうになっている翔太のお尻を軽くぺんと叩いて活《かつ》を入れてやりつつ、笑って挨拶を返す。

「その娘はあれから姿を見かけなかったんだが達者にしていたんかな」

百目が懐かしそうに凜子に問う。

「はい、おかげさまでこの通り元気です。本日はご注文の草餅《くさもち》をお持ちしました。よもぎ割増しでおいしいですよ。どうぞ召し上がれ」

凛子が風呂敷に包んであった菓子箱を取り出すと、さっそく「なんだぇ？」と物欲しそうな顔で遊女たちが寄ってきた。

「まあ、おいしそうなおまんじゅう」

「よもぎで作ったの。中には餡《あん》が入ってるんですよ」

「百目様、わっちらが先に貰《もら》いんす」

遊女たちが答えを待たずに手を伸ばしてくる。

皆、口に入れて味わい、よもぎの風味がふんわりと広がるころになると、おいしい、と感嘆《かんたん》の声をあげる。

「これ、おまえたち、取り合うでない。湯屋に行けばまた食えるんだな」

「へえ、それならみんなで入りに行きんすか」

遊女たちが頷《うなず》き合う。

「みなさんもどうぞ」

遊女の一人が二段目の箱を持って、百目の連れにも披露しにいく。みな、どれどれと興味深そうに手を伸ばしてくれる。『高天原』の焼き印は、味とともにしかと目についたはずだ。

いい宣伝になるといいな。

凛子は草餅で盛りあがるみんなを眺めていたが、長居をする必要はないと白峰に言われていたのを思い出して、鈴梅に目配せした。

「そろそろ失礼するだ。今後とも湯屋〈高天原〉を御贔屓《ごひいき》によろしく頼みます」

鈴梅が言って、凛子とともに頭を下げると、それを見た翔太もなんとか遅れて頭を下げて、無事に座敷を辞することになった。

ふたたび廊下に出ると、おりしも向かいの座敷に、花魁《おいらん》とおぼしきひときわ華やかな装《よそお》いの鬼の遊女が入室する瞬間にでくわした。

「きれいね……」

脇に控えているふたりの大禿の手によって、両の襖が舞台の幕のようにすいと開けられ、花魁がゆるやかに頭を下げる。そのとき、薫風《くんぷう》の漂う鬼の花魁のうしろ姿越しに、座敷の奥に居並んだ本日の客が見えた。

偶然にも、凛子はその客のひとりとばっちり目が合ってしまった。

「えっ？」

この顔、どこかで見た。

そう思っている間に花魁が中に入って、大禿たちもそれに続いて中に入り、襖はふたたび、すうと視界を遮《さえぎ》るかのように閉じられてしまった。

凛子はとなりの鈴梅と顔を見合わせた。彼女も目を瞠っていた。

「ねえ、鈴梅、今のって……」

〈高天原〉で凛子が呪糸をほどいた大蝦蟇ではなかったか。

「うん。大蝦蟇様だったべ。鼻の下伸ばして花魁を見ていらっしゃっただ」

鈴梅が言うと、なぜか翔太が凛子の袖《そで》をつかんできた。彼も驚いて、しかもひどく怯《おび》えた顔をしている。

「どうしたの、翔太君」

顔色に気づいて凛子が問うと、

「見たよ。あいつがいたよ。あいつが……」

翔太は悪鬼にでも遭遇《そうぐう》したかのように、ぶるぶると体を震わせている。

「あいつって、だれ？」

「ぼくを襲ったやつ……！」

「ええええっ」

凛子と鈴梅は思わず声をあげる。

「大蝦蟇様がそうなのけ？　翔太を襲ったのは、顔がガマガエルみたいなやつだっただか？」

「ううん、そのとなりにいたやつ。背がでかくて、真っ黒い着物を着た……」

「夜道怪《やどうかい》だべか。そいつならあたしもちらっと見ただ」

「夜道怪……？」

人間界にも各地で人攫《ひとさら》いの伝承がある妖だ。そのままだなと凛子は思う。

「その横に、うちの湯屋にいる女の人もいたよ」

「えっ？」

翔太の発言に、凛子と鈴梅は耳を疑った。

「うちの湯屋の……？」

「うん。なんか、さっきの部屋の女の人たちみたいに派手な着物を着ていたよ。最後にちょっと見ただけだからよくわからないけど、見たことがある人だったよ」

「派手な着物ということは……、登楼した客ではなく、遊女として働いてたっつうことだべか？」

「だれだったの、それは？」

翔太はかぶりをふった。

「わからないよ。名前知らないもん。でもあの顔の人、いた気がする」

「なにか特徴は？　角《つの》があるとか、目が金色とか……」

凛子は問うが、翔太はうーんと首を捻《ひね》った。

「猫耳みたいなのがあったと思うけど、はっきりとは覚えてないよ……」

猫耳と聞いて、すぐに猫娘が思い浮かんだ。

「そういえば、紗良《さら》が勤務時間中にふらっと出ていくことがあるらしいって早緑《さみどり》が言ってたわ」

「抜け出して、ここで働いてるだか？　紗良あたりなら、見た目だけでなく性格的にも遊女が務まりそうだべな」

もちろん、ほかにも獣耳の奉公人は山ほどいるけれど。

「ところで、うちって掛け持ちで働くのオッケーなの、鈴梅？」

湯女《ゆな》だとしても、接客という点は共通しているものの、業務は微妙に異なる。

「あんまりそういう話は聞かないだ。うちも俸給は十分に高いからな」

鈴梅も首を捻《ひね》る。

「ぼくの見まちがいかな、もしかしたら湯屋のお客さんだったのかも」

翔太もだんだん曖昧《あいまい》になってきた。なにせ見たのはほんの一瞬なのだから無理もない。

もう一度、戸を開けて確かめたいところだが、さすがにそれは危険すぎる。

「じゃあ、ほんのちょっとだけ……」

凛子は襖越しに耳を寄せて、盗み聞きを試みた。中の妖たちは、まだ花魁に注目しているから、襖の向こうのことなど気にしないだろう。

話声はかすかに凛子の耳まで届いた。さきほどパッと見た印象では五、六人が座敷にいたようだった。

「これは裏道図でありんせんか。どこかへお出かけなの、夜道怪様？」

今さっき座敷に入った花魁とおぼしき女がたずねる声がする。

客はやはり夜道怪らしい。裏道図といえば、京之介もときどき見ている、よその郷に繋《つな》がる抜け道を記した地図のことだ。

「ああ、ちょっとねえ、人間の郷でも行って、楽しみを増やそうかと計画中なのだよ」

夜道怪らしき妖が野太い声で答える。

人間の郷と聞いて、凛子は目をみひらいた。横で一緒に聞いていた鈴梅も、険しい表情になっている。楽しみとは、人間を攫って売ることだろうか。この夜道怪は、どうやら人攫いの首謀者《しゅぼうしゃ》のようだ。

「もう、道さんたらいけないお方。そんな悪だくみをするよりも、もっとお酒を飲んで遊んでくんなまし」

別の遊女が苦笑しながら諫《いさ》める声が聞こえる。すでに部屋にいた者だろう。

しかしそのあとも夜道怪らは声量を抑えて、ぼそぼそと話を続ける。いつ行くかとか、あとどのくらいの数が必要なのか、とか。凛子の勝手な解釈にすぎないが、悪の談合といった印象だ。

しかし、向かいの座敷でふたたび琵琶《びわ》の演奏がはじまってしまったため、凛子の耳ではもう、途切れ途切れにしか会話を聞き取ることできない。

翔太が見たという〈高天原〉の奉公人の女とはだれなのか。紗良なのだろうか。

もう一度、中を見てその姿を確かめてみたい。凛子はもどかしさをもてあまし、襖《ふすま》に手をかけた。

ところがそこで、新たにだれかがこちらにやってくる気配がした。

ふわりと芯のある涼やかな香りが鼻先をかすめる。

この香りは――。

荷葉《かよう》だ。新しく働きはじめたハーブ専門店に、香に詳しい店員がいて、いろいろ教えてもらって覚えたばかりだから間違いはない。

「お凛ちゃん」

鈴梅に、諫めるように小声で呼ばれたのは同時だった。

いつのまにか鈴梅と翔太は、廊の端っこに退いている。

見ると、そばに鈍色《にびいろ》の単衣《ひとえ》を着流した男の妖が立っていた。ただし狐のお面をかぶっているので顔はわからない。外見的には妙な特徴がなくて、なんの妖かは謎だ。

すうっと気配だけが流れるかのような静かな足取りで、男は凛子の前にやってきた。

荷葉の香りが一段と濃くなる。

「退《ど》け」

男は短く言った。落ち着いているが、まだ若い声だった。男は、この部屋の客なのだ。それきりなにも言葉を発さないが、無言の威圧感はすさまじく、さっさと去れと仮面越しに言われているのがひしひしと伝わってきた。

「す、すみません」

実際、盗み聞きなどしていたのでうしろめたい凛子は、あわてて腰を上げ、鈴梅や翔太とともにそそくさとその場を去った。

階を、転がり落ちるような勢いで急いで降りきる。

胸がざわざわとしていた。何者なんだろう、あの妖は。

狐のお面が、妙に脳裏《のうり》に焼きついていた。お面で顔を隠しているからこそ、かえって印象的なのだった。

〈風間屋〉を出るとき、

「すみません、今日のお座敷のお客さんがどういう人なのか、教えていただくことは……？」

凛子は声をひそめ、見送りに来てくれた大禿《おおかむろ》に無理を承知で頼んでみるが、

「それはお教えすることはできんせん。お見世の信用にも関わってきんすから」

大禿が申し訳なさそうに言うので、「そりゃそうよね」と引き下がった。あまり強引な態度をとっては、この見世だけでなく〈高天原〉にも迷惑がかかってしまう。

その後、遣《や》り手と大禿に見送られて見世を出たあと、凛子はもう一度、外から妓楼《ぎろう》を見上げた。

「どうして大蝦蟇様が人攫いの夜道怪と一緒の座敷にいたのかな」

胸騒ぎがおさまらず、落ち着かない。

「ただの知り合いだったべか？　それとも大蝦蟇様は悪い奴とグルなお方だっただか？」

鈴梅も疑問を覚えているふうだ。

「グルだとしたら、〈高天原〉で起きた事件ともなにか関わりがあるのかも……？」

大蝦蟇は単なる被害者ではなかったのかもしれない。

「翔太が見たという、うちの奉公人の女がだれだったかも気になるわね……」

「ぼくの見まちがいかもしれないよ。よく似た顔の人、いっぱいいるし」

翔太の発言にも迷いが見られる。

「そうね……一瞬のことだったから、わからないよね」

高い俸給のはずの〈高天原〉で働いてるのに、妓楼で遊女をやるというのも妙だ。

おまけに翔太君を攫ってきた悪いやつと同席だなんて。

遊女なら指名されれば顔を出さねばならない立場だから、単なる偶然かもしれない。ただ、大蝦蟇と夜道怪が通じているのは確実で、だとすると、あの事件にはやはりなにか裏があると考えてよさそうだ。

「翔太君は、顔を見られなかった？　もし見られていたらまずくない？」

凛子ははたとそのことに気づいた。翔太は夜道怪から逃れてきた身だ。せっかく人間界から攫ってきた獲物を、連中が二度も見逃すとは思えない。

「ぼくはこれをかぶってるからバレてないと思うよ」

翔太は征良がくれた猫耳カツラをさわりながら言う。

「それなら大丈夫かな……」

凛子は大蝦蟇にしっかりと顔を見られてしまった。さきほどの謎のお面の妖にも。

なんだか嫌な予感がする。

「さっさと帰るべ」

鈴梅が歩調を早めながら言う。

これから夜の更けていく花街《はなまち》は、来たときよりも行き交う妖の数が増えて、客引きの声や楽《がく》の音《ね》などもいっそう賑《にぎ》わっている。

「〈高天原〉に帰ったら、今夜、休みを貰《もら》ってる奉公人の名前でも見てみようか。翔太君が見た遊女が、その中のひとりである可能性が高いわ」

「そうだべな。そんで出勤してきたところを翔太に顔を見てもらえば、特定できるべ」

「……ところで鈴梅、京之介さんて、この花街に出入りしているの？」

遊女たちの会話からそんな印象を受けたので気になった。

「ああ、情報収集とか、おつきあいとかでちょくちょくお出かけになるだよ」

「〈鳴海屋〉ってお見世？　今のところよりも格上っぽく言われてたよね」

「花街では一番格式の高い妓楼だな。旦那様《だんなさま》はそこの美人花魁《おいらん》と懇意《こんい》にしていて、前に一度、会員制の高級甘味処で密会しているところをかわら版にすっぱ抜かれたことあるだ」

「へえ、派手に女遊びをしているんだ。モテそうだもんね、京之介さん」

容姿端麗《たんれい》の上に妖力にも権力にも経済力にも恵まれていれば、妖の女たちも放っておかないだろう。

「旦那様の目的は花魁ではなくて季節限定の抹茶《まっちゃ》味わらび餅だったというオチだべ。お凛ちゃんにぞっこんの旦那様が遊女ごときにうつつなんか抜かすわけないだ」

「そうなんだ」

自分にぞっこんかどうかは謎だが、花より団子の男なのはおかしくて凛子は噴きだす。

その後、夜の花街を抜けて、温泉街のはずれの辻《つじ》で朧車《おぼろぐるま》を拾おうとしかけたところで、

「待て」

突然、横丁から出てきたふたり組の妖に行く手を阻《はば》まれた。

黒い被《かぶ》り物からのぞく髪は白く、肌の色素も薄い。雪男とか雪鬼あたりの雪妖だろうか。つららをつけたような長く鋭い爪や、まわりに浮遊させている青い鬼火が薄気味悪い。

翔太が怯《おび》え、凛子の袂《たもと》をぎゅうと握りしめる。

「なんだべか？」

鈴梅も肌で異状を感じたようで、問う声はめずらしく鋭い。

「おまえら、さっき〈風間屋〉にいたやつらだな。お頭《かしら》の顔を見ただろう？」

ひとりが低い声で問う。夜道怪の仲間のようだ。やはりつけられていた。このふたりも座敷にいたのだろうか。あるいは手下か。

「なんの話ですか……？」

凛子はしらを切った。どのみち、どれがお頭かもわからない。大蝦蟇の顔は確実に見た

けれど。

雪妖たちはふんと鼻を鳴らした。

まずい……そう思ったときには、もう遅かった。真っ黒な布が巨大な傘のように宙でひらいたかと思うと、それがばさりと落下して凛子や翔太の体を覆《おお》い隠した。

鈴梅だけは、とっさにばちばちっ……と青光りする稲妻《いなずま》を放ち、敵方から逃れた。

「お凛ちゃん、翔太っ」

鈴梅が叫びながら、敵方に向かってもう一度、小さな稲妻を走らせたらしかった。

おかげで黒い布を押さえる敵方の手が一瞬、怯《ひる》んだ。

凛子はその隙《すき》に逃げ出そうと渾身《こんしん》の力でもって布の中でもがいたが、無駄だった。

「小癪《こしゃく》な」

びゅうと寒い風圧が生じた。黒い布越しにでもそれがわかった。

それきり、鈴梅の声が失せた。おそらく彼女は強い力で弾き飛ばされ、土塗の壁にでも頭を打ちつけて気を失ってしまったのだろう。

「鈴梅……、鈴梅、大丈夫……っ？」

叫びは届かず、凛子も翔太もそれぞれ黒い布に巻かれたまま、荒々しく妖に担がれた。

布は埃《ほこり》の臭《にお》いに満ちていて、息苦しい。

「放しなさい！　放してっ」

凛子は担がれたまま暴れた。翔太が泣きべそをかく声が小さく聞こえる。

胸元の水琴鈴《すいきんれい》もさらさらと鳴る。けれどこれは、あくまで人間である凛子たちから目を逸《そ》らす程度のものだ。強い悪意を持った妖には通用しない。せめて居場所が、京之介に伝われればいいけれど。オサキは今夜はまだ姿を現してくれない。

上下も左右もわからない混乱した状態で、凛子は翔太とともにどこかに拉致《らち》されることになってしまった。

4.

時間にして五分ほど担がれていただろうか。

いきなり、どさりと床に下ろされ、凛子は腰をしたたか打ちつけた。

途中、耳がかすかに三味線《しゃみせん》の音をとらえた。また、花街に戻ってきたのかもしれない。

もう一人――おそらく翔太が横に下ろされる音も聞こえた。

「へへ。人間が二体も手に入るとは……」

雪妖の下卑《げび》た笑いが聞こえる。

「女子供は高く売れるからありがてえな」

そこで、ざっと布が取り払われた。が、真っ暗なために凛子にはなにも見えない。

「高値で売ってやるから、ここでしばらく大人しくしてろよ」

「くそガキが、今度は逃げ出すんじゃねえぞ」

捨て台詞《ぜりふ》のように言って、ふたりの雪妖が部屋を出ていく。

今度は、ということは、やはりお座敷にいたのは人間の郷から翔太を攫った夜道怪だったのだ。そして、この雪妖たちは彼の一味なのだろう。偶然にも翔太を見つけた彼らは、口封じも兼ねて捕らえ直し、ひと稼《かせ》ぎしようと襲ってここに捕らえたのだ。

ゴトリと閂《かんぬき》を掛けるような音がした。閉じ込められてしまったようだ。

「翔太君……、翔太君、大丈夫?」

凛子は真っ暗な中で呼んでみた。あたりにはどういうわけか、冷気が漂っている。吐く息も白いのがわかる。

もそもそと布が動く気配がして、鼻をすすりながら翔太が顔を出すのが薄ぼんやりと見えた。

「怖いよう、凛姉ちゃん……、どこ……、どこにいるの?」

翔太は半泣きの状態できょろきょろとする。化け物に攫われて、挙句《あげく》にこんな暗くて寒い場所に閉じ込められたのだから無理もない。

「おいで、翔太君。ここだよ」

凛子は手探りで翔太のそばに行き、その体を抱きよせた。

翔太はぶるぶると震えていた。恐れのためか、寒さのためか、そのどちらもだろう。

「寒いね……」

とてつもなく寒い。今は夏のはずなのに、この部屋だけがきんと冷えているのだ。

目が慣れてくると、そこがひどく狭く、一畳《じょう》半ほどしかない部屋だということがわかった。体は黒い布にくるまれているものの、たちまち芯から冷えてくる。

どこから冷気がくるのかと思ってよくよく目を凝《こ》らすと、壁面が凍っているように見えた。恐る恐るふれてみると、つるりと滑る。

「凍ってるんじゃなくて、氷そのもの……？」

なぜこんな場所に？

洞窟《どうくつ》に入ったとか地下に降りた気配はなかったから、〈高天原〉にあるのとおなじで、どこかの館の一角に設けられた雪妖の妖力が働いている氷室《ひむろ》なのだろう。

「どうして氷室なんかに……？」

売るつもりのようだから殺しはしないはずだ。ひとまず人目につかない場所に閉じ込めておくために、密室である氷室を選んだのだろうか。雪妖だから、寒さなど気にならないのかもしれない。だが、人間は丈夫な妖とは違う。このままではきっと凍えて死んでしまう。早く出ないと。

凛子は立ち上がって、出入口の戸をどんどんと叩いた。

「開けて、ここを開けて、寒くて死んでしまうわ！」

何度も力一杯叩くけれど、戸はびくともしないし、開けてもらえる気配もない。

「だれか、ここを開けて！　おねがい！」

扉の向こうにはだれもいないのだろうか。

すると、胸元のあたりから、数匹のオサキがするすると出てきた。

「寒イヨ、寒イヨ」

「おまえたち、いたの？」

凛子は目を輝かせた。

「イルヨ。ココニ、イルヨ」

京之介がどこかに仕込んでくれていたらしい。おそらく水琴鈴だろう。オサキがいたところで、この密室状態の氷室から出られるとは思えないが、ふたりきりよりもずっと心強かった。それにあたたかい。

凛子はオサキを集めて翔太のもとに戻った。

「あ、また白いの出てきたの?」

翔太が暗闇の中で目を凝らす。彼もだいぶ目が慣れてきたようだ。

「しっぽがふわふわしてるよ」

翔太はオサキを一匹捕まえ、やわらかな被毛《ひもう》に覆《おお》われた尻尾《しっぽ》を頬《ほお》にあててみながら言う。

「オサキ、ここにお入り」

凛子は翔太が凍えてしまわないように、オサキを彼の懐《ふところ》からお仕着せの中に入らせた。

「うわぁ、くすぐったい」

オサキが次々にするすると飛び込んでいくので、翔太が少しはしゃいで身を捩《よじ》った。まだ、笑う余裕があるなら大丈夫だ。

「あったかい?」

「あったかいよ。いっぱいいる。ふふ、くすぐったいよ」

翔太は膨らんだお腹を抱きしめるようにして襟元《えりもと》を覗《のぞ》き込む。

「凍えないようにしなくちゃ」

凛子はオサキの入った彼ごと抱きしめて、さらに黒い布を巻きつけて寒さを凌《しの》いだ。

室内は、相当冷え込んでいる。吸う空気が冷たすぎて、胸が痛くなるほどだ。

外からは物音ひとつもしない。時が止まってしまったかのようだ。もしもこのままだれも来なかったら——そう思うと、ぞっとした。

「凛姉ちゃん……寒いよぅ……」

翔太がすっかりと弱った声でつぶやく。オサキも彼のお腹でみんなきゅうと縮こまってじっとしている。

それほど時間が経ったと思えないのだが、冷え具合がひどい。やはり特別な妖力が働いているのだろう。

「寒いね……」

凛子は翔太を抱く腕に力を込めた。芯まで冷えてきたせいで、凛子の体もカタカタと震えはじめていた。

寒いのは苦手だ。母を亡くしてから暮らした雪国を思い出す。

凛子は十歳から高校を卒業するまでの七年間を、叔父《おじ》夫婦のもとで過ごした。叔父夫婦は母のことをあまりよく思っていなかったから、その娘である凛子を遠回しに邪魔者扱いした。そしてその子供たちからも苛《いじ》められた。

ある真冬の夕方、心無いふたりの従兄《いとこ》たちに物置に閉じ込められたことがあった。

夜になり、暗くて寒くて心細くて、どうしようもなく寂しくて死にそうだった。死にたくないのに、死んだほうが楽になれるのではないかと思った。寒さのあまり、凍えて涙も出なかった。動く気力もなくて、ただ震えて、祈るような気持ちで助けを待っていた。

思い出したくない。あんな夜のこと。でもこの寒さは、凛子の中にあの嫌な夜の記憶を呼び覚ます。それは、凛子をひどく消耗《しょうもう》させる。寒さは、生きる力をゆるやかに、けれども確実に奪ってゆくのだ。

震えるのにも疲れて、睫毛《まつげ》に霜が降りるくらいになると、急に眠気が襲ってきた。

凍えた状態では、決して眠ってはいけない。

凛子はすっかりと動かなくなってしまったオサキと翔太を、か弱い力で抱きしめる。

翔太はおなじ人間の仲間だ。守らなければ。おまけに郷奉行所から預かっている子なのだ。自分がちゃんと面倒を見ると約束した。だから、こんなところで死なせてはならない。

けれども、寒さは増してゆく。業務用の大きな冷凍室にでも入っているかのようだ。息をするたびに、鼻先が痛み、気道が凍《い》てつくような錯覚《さっかく》さえ抱く。

だれか、助けて……。

眠気のために、意識が朦朧《もうろう》としてくる。

オサキと翔太の、冷えて小さくなってしまったぬくもりだけを拠《よ》り所として意識を繋《つな》いでいると、突然、閂を抜く音がして戸が開けられた。

凛子はもう暗闇に目を凝らす気力もなくて、わずかに視線をさまよわせるだけだ。

だれかが入ってくる。何の妖か。うつろな意識の中ではわからない。

その妖は、翔太を抱え込んだ状態でうなだれている凛子の帯飾りにふれた。

さらさら……とはかない水琴鈴の音がする。同時に、翔太の胸元からオサキがするすると出てきて、その妖の手を伝い、腕に登ってゆく。

京之介が助けに来てくれたのだ。凛子は薄れゆく意識の中で、そう感じた。

「きょう……のすけ……さん……」

彼の気配を頼りに、掠《かす》れてしまった声でつぶやく。

けれど、彼からの返事はなく、代わりに水琴鈴の帯飾りがすっと凛子の帯から抜かれた。

きんと冷えた空気の中で、かすかに荷葉の香りが鼻先をかすめた。さっき妓楼《ぎろう》ですれ違った、あのお面の妖とおなじ。この人物は、京之介ではないのだ。

希望が絶望に変わり、意識がふたたびすうと凍りついた。

京之介でないのなら、帯飾りを持っていかれては困る。

オサキだって連れていかないでほしいのに。

オサキ、どうして行ってしまうの……？

みんな、みずから懐いてそっちに行ってしまったようだった。けれど、問いたくても、衰弱しきってもう声にはならない。

「出しておけ」

その妖が踵《きびす》を返し、戸口で待つ相手にそう告げたのがわかった。

それを最後に、凜子の意識は完全に途切れた。

第四章　緋色の呪糸

1.

手があたたかい。寒くて、凍えるほどに冷たかったのに。

今は手のひらから伝わるぬくもりが、ゆっくりと全身にめぐって、凍《い》てつきを癒《いや》してくれる。

吹雪《ふぶき》の夜を抜けて、おだやかな陽だまりの中にいるかのような安堵《あんど》感が胸に満ちている。

ずっと、あたたかいところに帰らなければいけないと思っていた。

凍えて動けないほどに冷たい体だったから。

脳裏《のうり》に浮かんだのは、あの湯屋だった。東京にある狭いアパートの一室ではなく、たくさんのあたたかな湯殿がある、河岸《かわぎし》の湯屋〈高天原《たかまがはら》〉。

いつからか、帰りたいと思う家がなくなった。母を亡くし、妖《あやかし》が見えるようになったころからだろうか。

叔父夫婦の家は居心地が悪かったし、一人暮らしをはじめても、帰る先にもう母がいないのだと思うと、そこは家ではないような気がした。自分自身の明確な居場所や立ち位置みたいなものも、よくわからなくなっていた。自分などだれにも必要とされていないのではないかと。通っていた学校を卒業し、まじめに働いてお金を稼《かせ》ぎ、自活できるようになっても、心はいつも根無し草のようにふらふらとしていた。

もう寒くなるのはいやだ。身も心も硬く凍りついて、生きる気力も削《そ》がれてしまうから。

この穏やかであたたかな幸福のなかで、ずっとうずくまっていたい。

このままずっと——。

手のひらに伝わるぬくもりを手放しがたくて、それにすがるようにして凛子《りんこ》は意識を取り戻した。

目をひらくと、見覚えのある豪華な格天井《ごうてんじょう》や調度品《ちょうどひん》が視界に入った。

ここは湯屋〈高天原〉の本館の最上階にある京之介《きょうのすけ》の私室だ。

自分はたしか、花街《はなまち》にお遣いに行って、その帰りに怪しげな雪妖に襲われた。極寒の氷室に閉じ込められていたはずだったが、無事に〈高天原〉に戻ってこられたらしい。

だれかに手を繋《つな》がれている。吹雪の中を迷走するような悪い夢の中で、この手のぬくもりに癒《いや》され、救われた。

横を向くと、京之介が寝ていた。

「京之介さん……」

手を繋いでいてくれたのは、京之介だったのだ。助けて、ここに連れてきてくれたようだ。最後に氷室の戸を開けたのは、やはり彼だったのだろうか。

いつもの襟巻《えりまき》をしておらず、赤い組紐《くみひも》の飾りが見える。寝るときは隠さないのだろうか。それとも、もう一度見られてしまったから隠す気はなくなったのか。

窓の外からは、陽の光が差し込んでいる。すでに西に傾いている。気を失っているあいだにすいぶんと時間が流れたらしい。

室内はしんと静まり返っている。中庭の大湯に注ぐ湯水の音が、かすかに聞こえてくるだけだ。けれどもその音は、凛子を安堵させた。

凛子は京之介と繋いでいる手を、そっとはなした。妖といえどもひとりの男とおなじ布団に入っているなんて、ふつうならどきどきしそうなものだが、凛子の胸は奇妙なほどに凪《な》いでいた。まるで遠い国への旅から戻ったばかりのような寛《くつろ》ぎとやすらぎがあって、布団を出る気にもならなかった。冷えていた体はすっかりとぬくもりで満たされている。その快《こころよ》い感覚をずっと味わっていたかったのかもしれない。

手が離れたためか、京之介が目を覚ました。深い眠りからというよりは、うたた寝から覚めたような印象だった。

「気がついたか、凛子」

京之介は目を瞬きながら問う。

凛子は「うん」と頷《うなず》いた。

「もう寒くはないかい？」

いたわるような優しい声音《こわね》に、ほっと顔がほころんだ。凛子が精神的にも消耗《しょうもう》していることを見抜いていて、気遣ってくれているのだろう。

「寒くない。……京之介さんが助けてくれたのね。ありがとう」

感謝の気持ちでいっぱいなのに、掠《かす》れた声しか出なかった。

「君は、花街のとある遊郭《ゆうかく》の一室に監禁《かんきん》されていたんだ。雪妖にでも傷めつけられたのか、体がひどく冷えていた」

「翔太《しょうた》君は……？　鈴梅《すずうめ》も、無事に帰ってきた？」

「ああ。顔に痣《あざ》をつくった鈴梅が湯屋に戻ってきて、襲われたことを知らせてくれた。ちょうど俺も水琴鈴《すいきんれい》の音を手繰《たぐ》り寄せているところだったんだ。知らせをもらって、急ぎ、花街に向かった。翔太は君が抱いてくれていたからひどくならずにすんで、昼前に目を覚ました。もう釜場《かまば》で元気に手伝いをしているよ」

「そうなんだ。よかった……」

凛子はほっとした。

「事の顚末《てんまつ》は鈴梅から聞いたよ。翔太を攫《さら》った夜道怪《やどうかい》が大蝦蟇《おおがま》と同席しているお座敷を偶然に見たとか。彼らにはなにか邪《よこしま》な企《たくら》みがあって、顔を見た君らは口封じのために襲われたんだろうな」

「翔太君曰《いわ》く、この湯屋で働く奉公人がいたって」

「それも聞いた。昨夜、休みだった奉公人を、さきほど翔太に会わせてみたんだが、確認がとれなかったんだ」

「該当者《がいとうしゃ》がいなかったということ？」

「ああ。翔太曰く、その中にはいないと」

思い込みによる勘違いだったのだろうか。

「君が監禁されていた見世は、以前から郷奉行所が悪党の根城かもしれないと目をつけていた場所で、俺たちのあとに彼らが御用検《ごようあらた》めに入ったんだが、そのときにはもう蛻《もぬけ》の殻《から》になっていて、俺たちが気絶させた妖たちさえもいなかったらしい」

「そうだったんだ。捕まってしまえばよかったのに……」

あの狐のお面をつけた妖も、おそらく悪党の一味だったのだろう。

「私と翔太君が監禁されていたのは、狭い氷室だったわ」

凛子はあの、痛いほどにきんと冷えた空気を思い出す。

「氷室に？　俺が君を見つけたのはただの座敷だったが」

「……じゃあ、あれは京之介さんではなかったのね？」

「あれとは？」

凛子の脳裏《のうり》に荷葉《かよう》の香りが甦《よみがえ》る。

「途中で氷室を開けてくれた妖がいたの。もしあのままだったら凍死していたかもしれない。……その妖に、魔除《まよ》けの水琴鈴を持っていかれたわ」

凛子は帯のところを見てみた。今は、楽な浴衣《ゆかた》に替えられているから確かめようもないが、おそらく奪われたままだろう。

あの妖が、なぜあのとき氷室の戸を開けてくれたのかは謎だ。凛子たちが死んでしまっては売り物にならないからだろうか。

「オサキもみんな、その妖についていってしまったの」

「あいつらの気配が消えたのはそのせいか。しかしありえないな。おなじ狗神《いぬがみ》に懐くことならあるかもしれないが――……」

言いかけて、そこでふと京之介が言葉を切った。なにか心当たりでもあるかのような反応に見えないこともなかった。

そういえば、大蝦蟇も、自分を嚙《か》んだのはほかの狗神だろうと言っていなかったか。彼の証言も、今となってはいろいろと怪しいのだが。

「いずれにせよ、オサキならまた現れるから大丈夫だよ」

京之介は追及する気はないのか、いつもの調子で流してしまう。

「今は何時ごろ？　そろそろ働かなきゃ」

凛子が身を起こしかけると、京之介が肩に手をやって制した。

「まだいい。無理をしてはだめだよ。しばらくここに横になって休んでいてくれ」

やんわりと命じられるので、凛子はもとの通りに布団の中に寝ころんだ。なんとなく、体が本調子ではないような気はした。

すぐそこに京之介の懐《ふところ》が迫っていて、今さらながらにどきりとした。

半妖かもしれないことが、こういうときになると思い出されて胸がさざめく。

思えば、いつもよりずっと近いところに京之介はいる。おなじ布団に入って、さっきなんて手まで繫いでいたのだ。春に温泉郷で別れるとき、眠気に襲われた凛子を京之介が抱きとめてくれていた、あのとき以来の近さだ。

京之介のほうは、ふだん通りに泰然としている。むしろ寛いでいるようにさえ見受けられる。よく昼寝をしているし、半分は犬なのだから寝るのは好きそうだ。となりがだれであっても、こんな態度なのかもしれない。

ふと、首元の赤い組紐の飾りが目に入った。あいかわらずきれいだ。鮮烈な赤い糸が細く規則正しく撚《よ》りあわさって、天然石を連ねたものとあいまって神秘的ですらある。

運命の赤い糸などというが、人と人をつなぐ縁が目に見えるのなら、このような組紐で結ばれているのではないか――。

凛子はこれが何なのか、たずねてみようと思いたった。このまえは怖くて訊けなかったけれど、なぜか、今なら聞けそうな気がした。

「京之介さん……、ずっと気になっていたのだけど、これはなに？」

凛子は赤い組紐にふれようと、手を伸ばしかける。しかし、

「ふれてはだめだよ」

その手を京之介にとられた。

凛子は身を固くするが、京之介の表情は凪いだままだ。いや、違う。わざとなんでもないことのような顔をしているだけで目はひどく警戒している。

「どうして?」

凜子はさらに踏み込んで、慎重に問う。この機会を逃したら、二度と知るチャンスはない気がした。

凜子が引き下がらないのを悟ったらしく、京之介は凜子の手を放して答えた。

「この紐は、呪糸の一種だよ」

「呪糸、なの……?」

「そう。十年前に、君がほどいてくれた紐の残りだ」

凜子は目をみひらいた。そんな気はしていたのだ。あのときの赤い紐とよく似ていると。

「でも、どうして……? 私、ほどき忘れたの……?」

記憶では、すべてきれいに解《と》いたはずだった。

「まだ幼かったから、思い込みによる記憶違いだろう。俺が、ほどき終わる間際にやめさせたんだよ」

「なぜ……?」

「呪糸は色によってかかる呪いが違う。大蝦蟇を巻いていた生成り色の呪糸は単に捕縛《ほばく》の呪詛《じゅそ》がかかるだけだが、この緋色《ひいろ》の呪糸は、縛《しば》られた者の寿命《じゅみょう》を奪うことができてしまう」

「寿命を……？」

　京之介は無言のまま、頷く。

「じゃあ、京之介さんは――」

「そう、俺は今、こいつに寿命を奪われている」

　凛子は目を瞠《みは》った。

「そんな……、今すぐにほどかなきゃ」

「だめだ。これはみずからほどくと自害することになる。断ってもおなじことだ。おまけに他者にほどかせれば、呪詛返りが起きる仕組みになっているんだ」

「呪詛返りって……？」

「宿主は死ぬうえに、今度はほどいた相手に絡みついてその者の命を奪うことになるんだ」

「怖い……」

　凛子は青ざめる。京之介がここを隠しているのは、自分のためでもあるし、まわりの者たちのためでもあるということだ。

「十年前、俺は自分を深く恨むある妖と争った挙句《あげく》に、この呪詛をかけられて、〈玉響《たまゆら》の湯〉に投げ込まれた。呪糸は複雑に巻けば巻くほど、呪力が強まる。俺はもう蘇生《そせい》は無理だとほとんどあきらめていた。ところがその日、ちょうど湯殿が人間の郷と繫がっていたために、郷に渡った先で偶然にも君に助けられたんだ」

あの奥出雲《おくいずも》での出来事だ。

「君は血だるまのまま縛られていた俺を気の毒に思ってか、なにも知らないまま呪糸をほどきはじめてしまった。まだ子供の君には無理だろうと思っていたが、試行錯誤しながらも、どういうわけか少しずつほどけていく。今思えば、たまたまそういう力が備わっていた子だったんだな。それで俺も、楽になるにつれてだんだん助かりたい気持ちが大きくなって、結び目が残りひとつになるぎりぎりまで、君に任せることにしたんだ」

そして自由が利《き》き、妖力がほぼ戻ったところで立ち直ったのだという。

「私の記憶では全部ほどけて、京之介さんはとても元気になって、輝くような艶《つや》を取り戻していたわ」

「記憶の美化によるものじゃないかな。艶はある程度は戻ったかもしれないが、そこまで回復していたわけではなかったよ」

「そうなの……?」

十歳の話だ。もう夢か現実かの区別もつかないほどにおぼろげな遠い記憶なのだから、無理もないかもしれない。

「いずれにしても、瀕死《ひんし》の状態の上に、もの凄《すご》く複雑に縛られていたから、君にほどいてもらえなければ、俺は確実にあそこで命尽きていたんだよ。君は紛《まぎ》れもない命の恩人なんだ、凛子」

京之介は今さらながらに感謝して言う。

「でも……、呪糸はまだ残っていて、京之介さんの寿命は奪われ続けているのよね？」

「そうだな」

「だったら、なんとかして呪いを解《と》かなくちゃ。解く方法がなにかあるはずでしょう。かけたやつを見つけ出して解かせるとか……」

「残念ながら、そいつはもう死んでいる」

「えっ」

「この手の呪いはたいてい命を賭《と》してかけるものなんだ。だから、かけたやつは呪糸を結んだ時点でこと切れたよ」

格天井《ごうてんじょう》に描かれた芍薬《しゃくやく》や桔梗《ききょう》の絵に視線を戻し、彼は静かな声で淡々と言う。

「そんな……」

凛子は衝撃を受けとめきれないまま絶句する。

もはや呪詛を解くことは永久にできない。死を待つのみだというのだ。

「このことは、秘密にしておいてくれ。うちの湯屋で呪いのことを知っているのはふたりの用心棒と白峰《しらみね》と百爺《もんじい》のみだ」

「百爺も？」

以前、たずねてみたときは答えてくれなかったが、実は知っていたらしい。古株なのだから当然といえば当然か。

「京之介さんにそんな呪いをかけたのは、いったい何者だったの？　もう死んでいるといったけど……」

京之介を深く恨むその相手とは――。

「いや、呪詛をかけて死んだのはそいつの手下だよ。そいつ自身は、絶対に自分の手は汚さないやつだから」

なんと卑劣《ひれつ》なのだ。

「だが、もう終わったことだ。君は気にしなくていい」

京之介は、それ以上の追及は望まないようで、ほろ苦い笑みを浮かべて言う。

「終わったの……？」

きっとまだ、終わってはいない。首にいつもこんなものが巻きついていれば、嫌でも目について思い出してしまう。天然石をまわして飾りに見立ててあるのだって、呪いの忌《い》まわしさをせめて少しでも紛らわしたいからなのではないか。

けれど、京之介はそれきり黙り込んだ。この件に凜子を関わらせるつもりはないのだ。

置き去りにされたような心地になって、凜子も口をつぐんだ。

あたりはあいかわらず静まり返っていて、ふたりが会話をやめると、湖の底にでもいるかのようにしんとなった。けれどそれは、目覚めたときのような、ぬくもりに満ちた幸福な静寂ではなく、どこかもの寂しさがつきまとった茫洋《ぼうよう》とした静けさなのだった。

「あのね、京之介さん……」

凜子は格天井を見つめながら、ぽつりと話しかける。

「もうひとつ、聞きたいことがあるの」

翔太には悪いけれど、凜子はずっと胸の中に留まっている疑問を口にしてみた。なんとなく遠くなってしまった距離を、縮めたくなったからなのかもしれない。

「なんだい？」

京之介がこちらを向いたので、凜子も彼のほうを見た。

「京之介さんのお母さんのことなんだけど……」

唐突《とうとつ》な話題すぎたせいか、彼は一瞬、目をみひらいた。

「えっと……」

それきり、やはり言い出しにくくなってしまって凜子は言葉をつまらせる。

「母上がどうかした？」

京之介が先を促す。その声が優しかったから、思い切ってたずねることができた。

「もしかして、お母さんは人間なの？」

「そうだよ」

京之介は、いつもの涼しげに凪いだ表情で返した。

やはり、そうなのだ。京之介は半妖――。

「お母さんは、今どこにいるの？」

「母上は亡くなったんだ。人間で言うと、俺が六つくらいのときかな」

京之介は組んだ手を枕にして仰向《あおむ》けになりながら言う。

母はもういない。春先に京之介と話したとき、それらしい口ぶりではあった。

六つと聞いて、凜子は思い出した。

「そういえば、翔太君が言ってたわ。京之介さんがここへ来たのは翔太君とおなじくらいの年だったって。もしかして、京之介さんも人間界で生まれ育ったの？」

「ああ、そうなんだ。ここへ来るまでは、ずっと人間の郷にいたよ」

京之介は実にすんなりと答えた。

「ほんとうに？」

「といっても、君が生まれるよりも、ずっと昔のことだけどね」

京之介はほほえんで言う。人間と狗神《いぬがみ》では年の取り方が違うからだろう。どのくらい昔なのか、凛子には想像がつかない。京之介がそんなに長い時間を生きてきたことも——。

「母上のことは、大好きだったよ。心がきれいで、優しい女性だった。あまり会わせてもらえなかったんだが、会うときにはいつも、唐渡《からわた》りの甘い菓子をくれた」

懐かしそうに眼をほそめて彼は言う。

以前、母の話をしたときも、こんな優しい顔をしていた。きっと母親のことを、心から愛していたのだ。

甘いものを食べると、寂しさやつらさがやわらぐ——そう言って落ち込みそうになった凛子にお菓子をくれて、慰めてくれたことがあった。母に会えるとき、京之介はつらかったのだろうか。なぜ、母にはあまり会わせてもらえなかったのだろう。

凛子は京之介への興味が急速に膨らむのを感じた。

けれど、母親を偲《しの》ぶときの京之介のまなざしは深くて遠く——それは長い年月を経ているというのとは別に、なにか特別な想いがあって、彼の口からもあえて委細《いさい》は語られないように見受けられる。だから、その過去を知る権利も、今の自分にはまだないような気がした。

「どうして教えてくれなかったの？　お母さんが人間だったって……」

それだけは早くに知っておきたかった。

「それを知って、なにかが変わるのかい？」

他意はなく、純粋に不思議そうにこちらを見て問い返される。

「変わったわ。私は嬉しかったよ、自分とおなじ血が流れているってわかって」

凛子は正直に告げた。母親が人間というだけでずいぶん安心できるし、この妖だらけの異界の温泉郷で、自分とおなじ種族や、それに近い存在がいるなんてどれほどに心強いことか。

すると、京之介はふっと笑った。

「それならもっと早く話せばよかったな。そんなに、君の気を惹くことができたのなら」

彼の手が凛子の耳元に伸びて、耳朶《じだ》に軽くふれた。

凛子はどきりとした。

彼の指の隙間《すきま》から凛子の髪の毛がさらりとこぼれて、頬《ほお》にかかる。

「き、京之介さん……」

凛子は急に落ち着かなくなって、がらにもなく頰を赤らめてしまった。夫婦だからといって、とくに親密な態度をとるような男でもなかったのに、急にこんな――。

しかし、凛子が焦ったのにはもうひとつわけがあった。

「失礼します」

シュッと音をたてて、京之介の背後にある襖《ふすま》がひらいた。

「白峰か」

気づいた京之介が、凛子から手をひいてふりかえった。

「おっと、申し訳ございません、同衾《どうきん》しているとはつゆ知らず」

白々しく言いながら、白峰はこちらを見下ろす。

「思いっきり覗《のぞ》いて監視してましたよね？　とっとと離れろ的な感じの怖い目つきで」

凛子が気づいたのは京之介に嬉しかったと告げたときになのだが、おそらくそれ以前から襖の向こうで聞き耳を立てていたのに違いない。

「夫婦の語らいを邪魔するなんて野暮《やぼ》な番頭だね、凛子」

京之介が、白峰に聞こえる声でひそひそ話をすると、

「離縁《りえん》するはずのおふたりが、間違って子宝にでも恵まれたりしたら一大事ですので」

白峰は真顔で冷静に返す。

離縁――そうだった。自分たちは離縁することになっているのだ。思い出した凛子は、

自分が望んだことのはずなのに、なにか妙な心地になった。

「それより、牛鬼殿《ぎゆうき》がお見えです。そろそろご支度《したく》ください」

白峰が事務的に告げた。

「ああ、わかった」

京之介が頷《うなず》きながら、半身を起こした。上客のひとりらしく、まったりとしていた彼の表情が、仕事向けのひきしまったものに変わった。

凛子もおかげさまで冷えなどはすっかりとなくなり、健康そのものに戻っているのを感じたので、つられて起き上がったのだが、

「君は無理しないで、ここでしばらく休んでいてくれ、凛子」

京之介に止められてしまった。

2.

京之介が部屋から出ていってしまうと、布団にひとり残った凛子を隻眼《せきがん》でじろりと見下ろす白峰と目が合った。

「いろいろと知ったようすですが――」

知りすぎだおまえは、と言わんばかりの顔をしている。

「……はい」

凛子はおずおずと頷く。

「くれぐれも他言は無用ですよ？」

凄《すご》みのある顔で釘を刺される。

「はい、わかっています。でも、なんとかならないんでしょうか。呪糸のこと……」

なにか解決法がありそうなものだが。

「なりません。なるようなら、とっくにしています」

白峰は淡々と告げる。

「ですが、少しでも長く生きられるよう努力はしておられます。たとえば、呪糸と一緒に首に巻かれたあの飾り。あの天然石は黄泉《よみ》の国でしか採れない非常に稀少なもので、一粒あたり百両（およそ八百万）前後で闇取引されているものですが、わずかながらも呪いの力を抑える効果があるので、売りに出されたと情報があれば、その一粒のためにすぐに駆けつけます」

「そうなのね」

飾りではなく、意味のあるものだったようだ。

「それに旦那様《だんなさま》がよく昼寝をしているのは無駄な消耗《しょうもう》を避けて、寿命を長くするためです。もともと寝るのがお好きなのもありますが。犬だけに」

「そうだったの……」

気持ちよく横になって寝ているあの姿が、少しでも長く生きたいという祈りの表れと思うと胸がつまる思いだ。

「半妖であることは、みんな知っているんですよね?」

「ええ。だれも口には出しませんがね」

「なぜですか?」

「人間というのは、我々、妖たちの世界では底辺の種族です。その血が流れていることは、我々の世界ではあまり誇らしいことではありませんので」

そこを指摘しては失礼にあたるからだという。

「そっか……、そんな発想はなかったわ。価値観の違いね」

だから京之介も、あえて口にはしなかったのだろうか。凛子にとっては大いに喜ばしいことなのに。

「そういえば白峰さんは、私が人間であることをあきらかにコケにしているわよね。そういうのって、京之介さんへの侮辱にならないの?」

凛子はややむっつりしながら問う。怖いけれど、何でも意見を言えてしまう相手なのが白峰だ。

「半妖といっても、単に人の女の胎《はら》を借りただけのこと。妖の血は強いのです。子孫にその血を残そうと、かえって妖力が強く出る場合もある。狗神はその傾向が顕著《けんちょ》で、旦那様などは先代を凌《しの》ぐ力を秘めておいでです。それこそが、下等な人間の血が流れているのにもかかわらず、四大湯屋のひとつであるこの湯屋に君臨していられる所以《ゆえん》です」

「そうなんだ」

「そうなのです。あの方はしょせん妖。半分は私とおなじだわなどと、浮かれて胸をときめかせたところで、人間とはかけはなれた現実を見て空しい思いをするだけですよ」

「ときめかせてはいませんけど」

容赦《ようしゃ》のない白峰節に、凛子は口ごもる。

凛子としては、仲間に近い存在がいたのが嬉しかったのだ。妖たちがどう思っていようと、彼の母親が人間だったことに変わりはない。そして彼も、そのことを気に入っているみたいだったから。

「仕事します」

凛子は布団を出る。ここにいると京之介のことばかり考えてしまっていけない。それにのもあった。

この上品で趣《おもむき》のある大部屋で寝るのは、貧乏育ちの自分にはなんだか落ち着かないという

「無理はいけません。雪妖の力に害されたようすだったので、旦那様もあのようにわざわざ付き添って看病をされたのですよ。あなたごとき、三途《さんず》の河底に転がっている石を熱した温石で十分だと申したのですがね」

「おかげさまで元気になりました。働くわ」

凛子がさっさと布団を畳《たた》みだしたので、白峰は肩をすくめた。

「では、今日は〈庵《いおり》の湯〉の客に茶を煎《せん》じるくらいにしておいてください。たしか、汀様《みぎわ》の予約がはいっていたので」

「汀様？」

「水虎《すいこ》の妖で、上客のひとりです。持病があるために、いつも湯上がりに薬茶を召しあがられます。百爺が分包《ぶんぽう》にしてまとめたものがあるはずなので、それを煎じていただければ。汀様に出す役は、私が由良にでも頼んでおきます」

「わかりました」

凛子はさっそく宿舎に戻って、身支度を調えることにした。

3.

「凛姉ちゃんっ」

お仕着せに着替えた凛子が釜場《かまば》に行くと、翔太が飛びついてきた。

「おお、元気になったか、お凛よ」

薬湯に繋《つな》がる配管に、本日の煎汁《せんじゅう》をどうどうと投入していた百爺がふりかえった。ふたりで準備したのだろう。

竈《かまど》の焚《た》き口《ぐち》の前では鬼の坍《たん》が無言のまま火加減を見守っている。いつもの光景だ。

「雪妖にやられたと聞いたぞよ。翔太は軽く済んだが……」

百爺が翔太の小さな頭を撫《な》でながら言う。

「はい。もう大丈夫だけど、白峰さんが今日は汀様へのお茶を煎じるのだけやれって」

「おお、〈庵の湯〉の客じゃな。薬材はいつでも出せるように調合して瓶詰《びんづめ》にしてある。しかしこのところしばらく来店していないので、生薬どもがしけているかもしれん」

百爺が言いながら薬棚のあるとなりの小部屋に移った。

凛子も百爺の後を追い、その瓶を受け取った。中には薄手の晒《さら》し木綿《もめん》の小袋がいくつも入っている。生薬が詰め込まれているのだろう。

「古いのなら、念のため、中身を確認してから煎じた方がいいわね」

「ぎりぎりいけると思うがな。……わしは湯船の見回りに出てくるからそこは頼んだぞよ」

「わかりました」

凛子は机の上に小袋を出して、ひとつとりあげ、縫《ぬ》い取られた部分の糸を断ち、封を切ってみた。

白い半紙の上で小袋を逆さにすると、中からは、ざっくりと刻まれたさまざまな生薬が出てきた。

「なにが入ってたの？」

布の上にひろげられたものを見ようと、翔太が背伸びをする。

「お茶の材料よ」

「枯れ木みたいなのがあるよ。葉っぱもある。ゴミみたいだね」

翔太がけらけらと笑った。

「これは桂皮《けいひ》、それは大棗《たいそう》、こっちは生姜《しょうきょう》。この枝みたいなのは甘草《かんぞう》ね。汀様は胃の具合が悪いお方なのかもね」

「このお星さまの欠片《かけら》みたいなやつは？」

「これは大茴香《だいういきょう》っていうんだけど——」

凜子は、翔太に指さされた生薬をつまみあげて答えかけたが、ふと違和感をおぼえた。

「どうしたの、凜姉ちゃん？」

そのまま凜子がじっと食い入るようにそれを見ているので、翔太がけげんそうに顔を仰《あお》いでくる。

「これって……」

凜子は何度も目を瞬き、大茴香を凝視する。

あってはならない事態に直面した気がして、頭の中で警鐘が鳴りだした。胸も一気にざわざわと波立ってくる。

それから、凜子はある確信を得て、ほかの小袋もすべて封を切って中身を白い布の上に開けてみた。

「中身はどれもおなじだね」

広げられた生薬を見ながら翔太が言うが、

「………」

凜子は出てきた中身を見つめたまま、考えるふうに黙り込んだ。

4.

その後、凛子は翔太を釜場に残して番台に向かった。

番台にはすでに白峰が座っていて、帳簿《ちょうぼ》を見ながらなにか書き物をしていた。

「卯月《うづき》と連絡を取りたいのだけど、どうしたらいいですか？」

凛子が問うと、白峰はそろばんを弾く手をとめた。

「どうされましたか？」

「薬材のことで気になることがあるの」

さきほどの大茴香に関して、訊きたいことがある。

「八咫烏《やたがらす》に文をつけて飛ばせば連絡はつきますが、呼んだからといってすぐに来る輩《やから》ではありませんよ。遠くにいればその分、時間を要しますし」

白峰は言いながらも、紙と墨《すみ》と筆を支度してくれた。

「ありがとう。とりあえず用件を書いて呼んでみます」

凛子はさっそく卯月宛てに手紙を書いた。

『薬材に関して、お尋ねしたいことがあります。できれば急ぎ、湯屋〈高天原〉に来てください。内容は以下の通りです。まずは大茴香に関して――』

と、内容を書きはじめたところで、

「すばらしい。これぞまさに、ミミズののたくったような字ですね」

白峰が上から文面を覗《のぞ》き込み、深々と頷《うなず》いて感心する。

「筆書きには慣れていないのよ」

「出だしを読む限りでは芸もなく風情《ふぜい》もまったく感じられませんが、業務連絡とみせかけて、まさか恋文ですか？　あの九尾の狐は危険ですよ？　男と思えば男ですが、女のときは完璧《かんぺき》に女ですから。いわば両性具有《りょうせいぐゆう》の悪魔です。旦那様をさしおいてあのようなどっちつかずと恋仲になり、かわら版で不倫熱愛報道されてはいい恥さらし、尻軽の悪妻を持った旦那様の面目も丸つぶれの上に、我が湯屋〈高天原〉の品位もがた落ちです」

「ありえませんのでご安心を」

凜子が場所を変え、白峰に見えないように背を向けて続きを書きはじめると、「それなら結構ですが」と白峰は頷き、自分の作業に戻る。

手紙を書き終えた凜子は、墨が乾くのを待ってから小さく折りたたんだ。

これを八咫烏の足に結びつければ、どこかにいる卯月のもとに飛んでくれるのだという。

「住所がなくても、相手を探して飛んでくれるなんて便利で有能なのね」

「八咫烏が相手をよく知っている場合に限ります。稀《まれ》に邪魔が入ったりして届かない場合もありますが、まず信頼して大丈夫でしょう」

白峰はその後、詰め所から伝達方だという男の鬼の妖を呼びつけて文を託した。

その鬼が湯屋の玄関口で口笛を吹くと、どこからともなく一羽の八咫烏が舞い降りてきた。湯屋〈高天原〉御用達《ごようたし》の八咫烏だという。

伝達方がその三本足の細い足元に文を結びつけ、何事か告げると、八咫烏は「カア」とひと鳴きして西の空に向かって飛び立っていったのだった。

5.

その後、釜場に戻って薬茶を煎じ終えた凜子は、ちょうど猫娘の由良がやってきたので、〈庵の湯〉の茶室で待つ水虎の汀に、それを出してもらった。人間にしたら齢《よわい》九十過ぎの老爺《ろうや》で、やはり胃を患《わずら》っているのだという。

夜が明けて湯屋の営業も終わるころ、凜子は大きなやかん二杯に、汀に出したのとおなじ薬茶を煎じはじめた。

「なんじゃ、お凜、大量に茶など沸かして」

百爺がけげんそうにやかんの蓋《ふた》をとって中を覗く。

「みんなの分も作るんだって」

となりで竈の焚き口を見ていた翔太が答えた。凛子も生薬の詰まった袋を投入しながら言った。

「汀様に出した薬茶の薬材があまっているから、湿気《しけ》てしまう前に、今夜、奉公人のみんなに飲んでもらおうと思って」

実は、生薬絡みで調べたいことがあってやっているのだが、あえて秘密にしておいた。間違ったことを言って騒ぎになってもいけない。せめて卯月からの情報を得て、裏を取ってからにしたい。

「ふむ。そうじゃな。汀様には新しいものを飲んでもらったほうがよいからのう」

百爺はとくに咎《とが》めだてするようすもなく、やかんに蓋を戻してすんなりと頷いた。

ほどなくして薬茶が煎じあがり、凛子は翔太とともにふたつのやかんを持って宿舎の座敷に向かった。

広い二十畳《じょう》間には、仕事からあがった三助《さんすけ》や湯女《ゆな》がすでにまかないを食べ終えて寛《くつろ》いでいた。今夜は宴会のなかった猫娘たちもいた。

「今日はみんなにもお茶を淹れたの。飲んでいって」

凛子は奉公人たちに向かって言いながら、一番前で配膳《はいぜん》のお手伝いをやっている鈴梅のとなりにやかんを置いた。

「ありがとう、お凛ちゃん」

やかんを受け取った鈴梅が、並べてあった湯呑《ゆのみ》に順番に薬茶を注ぎはじめる。

凛子はそれをいくつか盆に載せて部屋を回った。

「なんだか苦そうな香りね。お凛ちゃん、これはなんのお茶？　なにが入ってるの？」

猫娘の紗良《さら》がやや眉《まゆ》をひそめ、小鼻を動かして訊いてくる。

「これ、汀様にお出しした薬茶と似たような香りね？」

由良がお茶の香りを嗅《か》いで気づいた。警戒しているようだ。

「そうよ」凛子はひとりひとりの反応をしっかりと見届けながら、返事をする。

「汀様に用意したものがたくさんあまっているから、おいしいうちにみんなに飲んでもらおうと思って。百爺が調合した体にいい薬草がたくさん入ってるの。とくに大茴香を盛ってあるわ」

本来は少量で効果のあるものなのだが。

「なにそれ。美肌効果はあるの？」と紗良。

「主にお腹の調子を整えてくれるの。血行もよくなるから肌にもいいはずよ」

「よく眠れる？　あたし最近、寝つきが悪くってさ」

気だるそうな顔をした湯女のひとりが、にゅっと首を伸ばしながら訊いてきた。ろくろ首だ。翔太があんぐりと口を開けてその長い首を見ていたが、凛子はもう慣れっこだった。

「お腹の調子が良くなれば、よく眠れるようにもなると思うわ。どうぞ召し上がれ。……はい。早緑《さみどり》もどうぞ」

凛子は壁にもたれて休んでいた早緑にも湯呑を差し出した。薬湯でひっぱりだこの彼女は疲れているようだ。

「ありがとう」と早緑はそれを受け取った。

「熱いから気をつけるだ」

食膳を運んできた鈴梅が言うと、早緑はにこりとほほえんで、ゆっくりと湯呑に口をつけた。

「俺にもおくれ」

「あたしも飲みたい」

みなが興味半分に寄ってきて、湯呑に手を伸ばしてくる。

「順番に淹れるから待っててね」

調べたいことがあってやったことだったが、嫌みを言ったり、毒入りかと疑って避けるような者もいない。みな、凛子の言葉を信用してくれているようだ。それが、ことのほか嬉しかった。

番台にいた白峰も含め、ほぼ全員に薬茶を飲んでもらったあと、凛子もまかないを食べた。湯屋はもう暖簾《のれん》を下ろしていた。

この日は丼で、ほかほかの白米の上に三途《さんず》の河でとれるという鰻《うなぎ》らしきものがカリカリに香ばしく焼かれ、甘くて濃厚なタレをまとってのっかっていた。

凛子は鰻もどきに抵抗があったものの、翔太が先においしそうにほおばっていたし、あまりにもいい香りを漂わせているので、もうなんでもござれで食べてしまった。

完食だった。おいしく食べられて、お腹も壊さないなら妖ご飯でもいいのである。

食事を終えると、鈴梅が中庭に設けられた笹に七夕《たなばた》の飾りつけをしようと誘うので、翔太と一緒に手伝うことにした。

朝五ツを過ぎるころ（午前九時）になって、中庭には陽の光が満ち溢《あふ》れていた。

人間界ならこれから始動という時刻だが、この妖の温泉郷では残業の時間帯だ。

大湯の脇には、見上げれば背が反り返るほどの大きな笹の木が立てられていた。

「うわぁ、でっかいなあ。こんなでっかいの見たことないよ。きれいな飾りもいっぱい」

翔太が笹の木を見上げながらはしゃいだ。

てっぺんのほうに、色鮮やかな吹き流しをつけている妖――伸びあがりが、翔太に向かってウインクをした。

伸びあがりは背丈がどこまでも伸びる妖なので、こんな役はうってつけだろう。ふだんは館の修繕《しゅうぜん》などを担《にな》っている妖だという。

すでに紙衣《かみこ》や綱飾りなどもいくつか垂らされている。

毎年、七月に入るとこうして中庭に笹の木が設けられるので、湯客は番台に置かれた短《たん》冊《ざく》に願い事を書いて、湯に入る前に吊るしてゆくのだという。

「この短冊は発光性があるから、夜になるときれいだべ」

「そうなんだ。楽しみだね。……これは奉公人たちが書いたの？」

凛子は飾りの入った箱の中に混じっていた短冊に気づいてたずねる。知っている名前がちらほらあるのだ。

「そうだべ。五日くらい前に、番頭の白峰様がみんなに書かせただ」

「これ見て。百爺が、頭に毛が生えますようにって書いてるよ」

翔太が紙箱から取り出した短冊を、笑いながら見せてくれた。禿《はげ》が不満らしい。角《つの》がもっと大きくなりますように、と書いている者もいる。

「ネタが妖だね……」

「ぼくも願い事を書きたい。書いてもいい？」

翔太が鈴梅にせがむ。

「いいだよ。番台に短冊があるから、あとから貰《もら》ってきて書くといいだ」

「ぼくははやく元の世界に帰れますようにって書く」

翔太の一番の願いだろう。

「凛姉ちゃんも書く？」

「うん」

けれど彼とおなじように、元の世界に帰れますように、と書こうとは思わなかった。帰りたい気持ちはもちろんあるのだが、不思議なことに、今すぐに帰りたい、なんとしてでも帰らなければならないという強い感情がない。

どうしてなのだろう。

「なんて書くの？」

翔太が訊いてくる。

「うーん、どうしようかな」

短冊に書くなら、もっと具体的な願い事を書きたいような気がする。お金が貯まりますようにとか？　最近、忘れがちなのだが、自分は離縁《りえん》のための手切れ金を貯めている身だ。

「なんて書こう……」

凛子が参考がてらほかの短冊を眺めていると、きれいな文字で書かれたほの青い短冊が目に留まった。


『凛子がはやく帰ってきますように　京之介』


「これ、京之介さんの……？」

彼の名前を目にしたとたん、胸の中にふわりと優しい風が吹き抜けたような、妙な心地になった。

「あ、旦那様《だんなさま》の短冊は内容が古くなってしまったから処分するように言われてただ」

気づいた鈴梅が、七夕飾りの屑籠《くずかご》を括《くく》りつける手を止めて教えてくれた。

「五日前だと、私が人間界にいるときだもんね」

「旦那様はお凛ちゃんに帰ってきてほしくてたまらなかっただ。お凛ちゃんが里帰りしていなくなってから一言もおっしゃらなかったけども、その短冊を見てやっぱり待っていたんだなって思っただよ」

「そうなのね……」

凛子は短冊を見つめたまま、ふと昔、自分もおなじことを書いたことを思い出した。

あれは小学三年生のときだったか。クラスで飾る七夕の短冊に、『早くお母さんが帰ってきますように』と書いた。そんな願いを書いたのは、自分だけだった。

もう大きくなったので学童に預けられることもなくなり、学校が終わって家に帰ると静まり返った部屋にひとりぼっちで、母が帰宅するまでの時間がいつも長かった。オサキがいてくれるときはよかった。話し相手になってくれたから。けれど、彼らがいないときは待つのがほんとうにさびしくて、時計とにらめっこし、時間が経つのが遅いことを恨みながら、一日千秋《いちじつせんしゅう》の思いで母の帰りを待ったものだ。

京之介も、そんな祈るほどの気持ちで凛子を待っていたのだろうか。

「まさかね……」

それなら、そもそも凛子を人間界には帰さなかっただろう。

京之介の本音はわからない。けれど、少なくともこの短冊を書くときに、彼が凛子のことを考えたのはたしかなのだ。

中庭にゆるい風が吹き抜けて、笹の葉や短冊をさわさわと揺らす。

凜子の胸もなんだか落ち着かなくて、かすかにさざめいている。京之介のことを知るたびに、なにかが変わってゆくような気がする。それがなにかはわからないけれど、ゆっくりと季節がうつろいでゆくように、少しずつ――。

「凜姉ちゃん」

凜子がいつまでも無言のまま笹の木を眺めているので、翔太が袖《そで》をひいてきた。

「どうしたの？」

「そういえば、ぼく、わかったよ。このまえ〈風間屋《かざまや》〉ってお店で見かけた人」

「わかったの？」

凜子は目を丸くした。思い出したのだろうか。

「うん。やっぱりここで働いてる人だった。今日、たまたま顔がそっくりな人を見つけたから、別の人にこっそり名前を聞いてみたよ」

「おりこうね。どんな名前だった？」

凜子は声をひそめ、まわりを見回して聞き耳を立てている者がいないかをたしかめた。

あの日、お座敷で同席していた人物は、おそらく人攫《ひとさら》いの事件に関わっているし、大蝦蓑が嚙《か》まれた事件にも関わっている。事件の真相にも迫ることができるのだ。
はやる胸を押さえ、凜子はひそかにその奉公人の名を聞き出した。

第五章　別れの辻風呂

1.

花街《はなまち》での事件から三日が過ぎた。

凛子《りんこ》は、翔太《しょうた》とともに〈高天原《たかまがはら》〉で働きながら、卯月《うづき》に書いた手紙の返事を待っていた。

先日、翔太が教えてくれた相手の名と、卯月がくれることになっている情報を照らし合わせれば、湯屋〈高天原〉を陥《おとし》れようとしている犯人を割り出すことができるかもしれないのだ。

郷奉行所の征良《まさら》からの、裏道に関する便りはまだない。さすがにこっちはそうそう頻繁《ひんぱん》に繋《つな》がるわけでもないので、気長に待つしかないと思っていたのだが。

その夜、湯屋が開店する時刻になると、薬屋の卯月がやってきた。

「まいど～」

いつもの如く水干《すいかん》姿に薬箱を背負って、どかどかと玄関先から入ってくる。とにかく一ミリの遠慮《えんりょ》もなく、勝手知ったる他人の家といった調子で湯屋内を歩き回るのがこの妖《あやかし》だ。九尾もあるし身なりが洒落て派手なので、あたりの空気が変わるほどの存在感がある。

「いらっしゃい、卯月。待ってたわ」

ちょうど薬湯から出てきた凜子は、番台の白峰《しらみね》のもとに向かう卯月を呼びとめた。

「おう、お凜。元気でやってるか？」

会うのは、ここへ連れてこられた日以来だから七日ぶりだ。

「おかげさまで。今日はちゃんと男なのね」

凜子は男姿に戻った卯月をまじまじと眺めてしまう。美形なのはおなじだが眉《まゆ》や目元がいくらか凛々《りり》しい。この顔が女になれば、たしかにあの悩殺の美少女になるだろう。

「おまえからの文なら受けとったぜ。調べもついたんだが、なんなんだ、ありゃ？」

八咫烏に託した手紙は、きちんと届いていたようだ。

「ありがとう。ここでは話しづらいから、ちょっと薬部屋まで来てくれない？　欲しい薬材もいくつかあるし」

白峰の地獄耳と、ときおり往来する奉公人たちの目を気にしつつ、凜子は声をひそめて言う。

「いいぜ」と頷《うなず》いてから、卯月が番台に座っている白峰に問う。

「今夜は三代目はいないのか？」

そういえば夕礼のときから姿を見ていない。

「さきほど郷奉行所から来いと連絡があって、お出掛けになりました」

白峰の答えに、凛子は眉をひそめた。

「郷奉行所に……？　またなにかの疑いでもかけられたの？」

「おそらく捜査協力の件でしょう」

「捜査協力？」

「ええ。以前から、目の届きづらい場所の情報を郷奉行所に提供してもらいたいという、いわゆる岡っ引《おかぴ》きの依頼が来ているのです。過去にも何度か饗応《きょうおう》を受けながらそんな話をもちかけられていますので。……しかし、あまり筒抜《つつぬ》けだと客足が遠のく恐れもありますので旦那様《だんなさま》としてはすんなりと頷けないわけです」

そういえば闇の湯屋で事件があったときも、進んで悪党をしょっぴこうとはしていなかったっけ。悪者退治に協力するのは、いいことだと凛子は思うのだが。

「弟の情報でも入ってきたんじゃねーの？」

「弟？　京之介《きょうのすけ》さんの弟は行方《ゆくえ》不明なの……？」

この湯屋にはいないと言っていたが。

「それもあるかもしれません。……無駄口はここまでで結構。お凛殿は忙しくなる前にさっさと卯月との用を済ませてください。なにか深い話があるのでしょう？」

白峰は疑わしい目を向けてくる。凛子と卯月の仲を疑っているのだろうか。あるいは、単に話をそらしただけのようにも思えた。京之介のプライベートには、凛子をあまり立ち入らせないようにしている節がある。

こちらも今のところ深追いするつもりはないので、凛子は「わかりました」と言って卯月と薬部屋に向かった。

「陳皮《ちんぴ》、甘草《かんぞう》、木香《もっこう》、あとは薄荷《はっか》と。……御礼代わりにこれだけいただくわ」

卯月に調べてもらった情報をひと通り聞き終えた凛子は、卯月の薬箱を覗きながら言った。もちろん、湯屋の経費での購入だ。

「麦芽《ばくが》も買っとけや」

「足りてるからいい。押し売りはやめてってば」

「ああ、そういや、おまえにもうひとつ伝えることがあったんだ」

生薬を紙袋に分けながら、卯月が思い出したように言った。

「今日、河の区のはずれの温泉が、急遽《きゅうきょ》、日の出の瞬間に人間の郷に繋がるという情報を入手した」

「えっ」

凜子は目を丸くした。翔太も自分も人間界に帰れるということではないか。

「こいつは極秘の裏情報だぜ?」

卯月が人差し指を立ててにやりと笑う。

「そんなの、どうしてわざわざ教えてくれるの?　情報料出せとか言わないよね?」

それほど帰りたいという気持ちが強かったわけでもないけれど、いざ帰れるとわかると、急に高揚《こうよう》してくる。まさか、こんなに早く繋がるとは夢にも思わなかった。

「おまえが帰りたがってるかなと思って。思ってないのなら別に使わなきゃいい」

卯月は思わせぶりな目で、尻尾《しっぽ》をふわつかせながら言う。

凜子は首をひねりたくなった。

「あんたは京之介さんの味方なんじゃないの?」

「どのみちまた連れ戻されるだろ。それでも戻りたかったら戻れって話」

「なによそれ?」

口では適当なことを言っているが、腹になにか持っていそうな気がする。しかし真意はいまいちつかめない。

人間界に帰りたいのかどうか——。

思いがけず選択を迫られて、凜子は戸惑った。帰りたい気持ちはもちろんあるのだが、本格的に帰るとなると、なにかがひっかかる。

なんだろう。帰りたい気持ちより、〈高天原〉を陥《おとしい》れようとしている相手を見つけ出したいという思いのほうが強いせいだろうか。あとは本人に問い詰めるところまで来ているからなおさら。

それに、もし帰るなら、翔太も必ず無事に帰してやらなければならない。きっと母親は必死に翔太を探している。翔太だってママに会いたいに決まっている。向こうに帰ってもだれもいない凜子とは違うのだ。

「行かねーの？」

「行くよ。絶対に行く。……実は私だけじゃなくて、もうひとり帰らなきゃならない子がいるの」

「ああ、この湯屋が人間のガキを匿《かくま》ってるとか聞いた」

「さすが情報屋ね。郷奉行所から預かった子なの。生きているのよ」

「最近、人間を攫《さら》って密売してる連中がいるって噂《うわさ》だ。それに絡んでるんだろ」

「そうなの。その悪党に攫われた子を面倒見ているのよ。帰るならその子も連れていくわ。与力《よりき》の征良さんに連絡しなくちゃ」

彼も繋がる道を探してくれているはずだ。

「でも、白峰さんがどう出るかな……。私は翔太君を見送るだけなんだってことにしておけば、許してくれるかな」

もちろん白峰自身は凛子が何度里帰りしようが大賛成で、永久に戻らなければいいとさえ思っているだろうが、このまえ事件に巻き込まれたばかりだし、京之介に忠実な彼のことだから、人間界に繋がるのがわかっている場所に凛子が行くのは、さすがにおいそれと認めてはくれなさそうだ。

「オレが説得してやるよ。おまえがこっちに残ることにしときゃいいんだろ？」

「私がちゃっかり一緒に逃げ出すのが見え見えじゃない？」

「いやいや大丈夫だ。絶対にあいつを頷かせられる理由があるんだよ」

「なんなの、それ？」

「そいつは行ってみてのお楽しみだ。目的地まではオレが見送ってやるよ。あー面白くなりそうだなっ」

卯月はにやにやしながらひとりごちる。なにが面白いのかよくわからないが、卯月がいてくれるなら翔太とふたりきりよりはずっと心強い。どのみち出掛けるなら用心棒でもつけてもらうつもりでいたところだ。

「ありがとう。じゃ、白峰さんの説得をおねがいね」

凛子はとなりの釜場《かまば》にいる翔太に「翔太君、こっちおいで」と声をかけた。

「なに？」

薪《まき》をくべる手伝いをしていた翔太が、ひょっこりと引き戸の向こうから顔をのぞかせた。炭に汚れた手で顔をさわったらしく、頬《ほお》が煤《すす》まみれだ。

「人の子か。ほんとにまだ小さいのな」

卯月が翔太の真ん前まで行って、興味津々《しんしん》に彼を見下ろしながら言うと、

「うわあ、すげえ。尻尾が豪華」

翔太は卯月の九尾に目を奪われて感嘆《かんたん》の声をあげた。

「すげえだろ。もふもふの刑にしてやる」

卯月が背を向けて、翔太を尻尾の隙間《すきま》に押し込んでぎゅうと締めるので、埋もれた翔太が「うわああ」と興奮して叫ぶ。

「翔太君、ついに家に帰れるときが来たよ！」

凛子は尻尾の中から翔太を引っ張り出し、屈みこんで視線を合わせてから告げた。

「ほんとうに？」

翔太が目を輝かせる。いつ郷奉行所の征良から知らせが来るか、心待ちにしていたのだ。

「うん。この妖が教えてくれたの。この近くから帰れるって。とっても急なんだけど、今夜、発《た》てば間に合うって。白峰さんに頼んでくるから準備しよう」

「やった、家に帰れる！　凜姉ちゃんも一緒に帰るんだよね？」

「しーっ、大きな声で言っちゃだめ。……もちろん、そのつもりよ」

小声で返しながら、凜子はまた喉《のど》か胸になにかがひっかかっているような心地になった。なんだろう、咳払《せきばら》いをしてみても、すっきりしない。

「早く帰ろうよ、帰ろうよぅ！」

翔太は嬉しさを抑えきれないようで、小さく飛び跳ねてせがんでくる。

凜子は翔太の頬を軽く包み込んで笑った。

「顔が煤だらけだよ。まだ夜明けまでには時間もあることだし、帰るまえに、お風呂に入っていこうか」

今晩は新月間もないため、四階の〈月見の湯〉の予約が早い時刻には一件も入っていなかったはずだ。

「うん！」

翔太が頷《うなず》いたので、凛子はさっそく白峰に事情を話して頼んでみることにした。

2.

〈月見の湯〉は北と西側の一部の壁が吹き抜けになっていて、親柱が通っているのみだ。欄干《らんかん》越しの高みからは、夜の温泉郷を一望することができる。

石造りの湯船には、薄荷の香りのする湯がなみなみと張られて、そこに翔太が数匹のオサキと一緒に浸かっていた。

卯月があの白峰をどう説得したのかは謎だが、凛子がこちらに残るのを前提に、翔太を見送る許しは貰《もら》えていた。

もちろん凛子が残るというのは嘘八百で、ひそかに翔太に便乗して帰るつもりでいる。

薄荷湯は、真湯（ただの沸かし湯）に、摘《つ》みたての薄荷と薬部屋にあった薄荷油を垂らしてたてた。肌はすうっとした清涼感に包まれるが、決して体温が下がるわけではない。むしろ血行を促し、体を温めてくれる効果があるのだ。

夏らしく、記憶に残りそうな湯をたてたつもりだ。人間界で待つママへのお土産話《みやげばなし》になればいいと思った。

翔太は、ひとりで風呂に入れるようになった。

さきほど、お湯が入ったと告げに行ったとき、「最後に一緒に入ろうか？」と誘ったのだが、「ぼく、もうひとりで入れるからいい」と、元気よく返事が来たのだ。

そういえばいつのまにか、仕事あがりに京之介や奉公人の妖たちと男湯に入るようになっていた。はじめは凛子のそばから離れようとしなかったのに、今や自由に〈高天原〉の敷地内を行き来している。凛子のように幼いころから妖が見えていたわけでもないけれど、子供だから順応するのも早かったのだろう。

「お湯加減はいかがですか、翔太君。気持ちいい？」

凛子は湯加減を確かめるために、湯船に手を入れた。

「うん。気持ちいいよ。すうっとする匂《にお》いがするよ」

「でしょう？　湯上がりはさらさらで爽《さわ》やかになるよ」

夏になると、凛子も母とふたりでよく薄荷湯に入ったものだ。

「さっき外を見たら、夜のお空がきれいだったよ。凛姉ちゃんも見てみて」

翔太が、湯潜りをしているオサキを捕まえて遊びながら言う。

「そうだね。ここは星がきれいに見えるもんね」

凛子は湯殿のはずれに行き、欄干に手をついて夜空を見上げた。月はすっと細くて月光にも乏《とぼ》しいけれど、その分、星の輝きが楽しめる。この郷は空気が澄んでいるのだろう。七夕《たなばた》にはさぞきれいな天の川が見られるのに違いない。

温泉郷を見下ろすと、いくつもの湯けむりが細く立ちのぼっていた。温泉街の赤や橙《だいだい》の灯りが幻想的で、賑《にぎ》わいがここまで聞こえてくるかのようだ。昼間とは異なった趣《おもむき》に、凛子はぼんやりと見惚《みと》れてしまう。

自分はまた、ここから去ろうとしている。

帰ろうと思うたびに、大事なものを捨て置いていくような、名残惜《なごりお》しくて、後ろ髪をひかれるような心地になる。春にこの温泉郷に来たときには味わわなかった感覚だ。

原因はこの温泉郷にありそうだ。ここに住む妖たちに翻弄《ほんろう》され、ときに命の危険にさらされたりもするのに、なぜか惹かれてしまう。緑豊かで、地中からは、ありとあらゆる不思議な温泉が滾々《こんこん》と湧き出で、桃源郷《とうげんきょう》のようにゆるやかに時が流れる。深い闇と謎を秘めて訪れる相手を虜《とりこ》にする、美しくて妖しい悠久《ゆうきゅう》の郷。それは、京之介にも通じているように思う。

花街《はなまち》での事件のあと、京之介の部屋で目覚めたときから、心に微妙な変化がおとずれた。京之介と話をして、彼のことをいくつか知ったときから――。

凛姉ちゃんは、狗神《いぬがみ》にとりつかれてしまったの？

翔太の言葉が脳裏《のうり》に甦《よみがえ》る。同時に、京之介に繋《つな》がれた手のひらのぬくもりも。

あのとき、二度とそのぬくもりを失いたくないと思った。ずっとそのままでいたいと。

凛子の心を引き留めるのは、おそらく京之介の存在なのだ。

「そういえばママへのお土産を買ってない」

ふと、翔太が思い出したように言うので、凛子ははたと彼をふり返った。

「そういえばまだだったね」

お土産を買ってあげるためにここでお手伝いをしていたはずだったが、急に帰ることが決まってしまってまだ用意できていない。

「ママは耳につける飾りとか好きだよ」

「ピアスとかイヤリングね。安くて質のいいものを売るお店を卯月にでも訊いて、途中で買っていこうか。お金は私が出してあげる」

「いいの？」

「いいよ。ちょっとくらいなら持ってるから」

前回稼《かせ》いだお金が詰め所に預けてあるはずだ。ここで過ごした時間が、翔太にとっていい思い出になるといいなと思うのだ。凛子がそうだったように。

「ありがとう、凛姉ちゃん」

翔太が目を輝かせた。


その後、凛子は〈月見の湯〉を抜け出して一階に降りていった。白峰に話があるのだ。時刻は暁《あかつき》七ツ（午前三時ごろ）にさしかかったところで、客足もそろそろ鈍ってくる時間帯である。

「翔太君の準備は整いましたか？」

番台に座っていた白峰が、凛子に気づいて訊いてきた。

「もうちょっとしたら、お風呂から上がると思います」

「薬屋が護衛として同行してくれるそうですよ」

「ええ、そうなの」

卯月はこの天眼通《てんげんつう》の番頭をどのように説得したのだろう。

「郷ひとつ滅ぼすくらいの妖力は持っている妖ですが、なにせあの性格ですから、あなたごときに発揮してくれるか危ういですよ？」

どうやら不承不承《ふしょうぶしょう》認めたといったようすだ。

「大丈夫よ。卯月はどこいったのかな?」

凛子は番台の端っこに寄りながら訊ねる。あれから姿を見ていない。

「二階の座敷で滋養強壮《じようきようそう》の効果があるとかいう胡散臭《うさんくさ》い干し芋《いも》を押し売り中です」

「呼ばれたついでに荒稼ぎするとは、さすが抜け目ないわね」

おそらく情報の収集も兼ねているのだろう。

「京之介さんが郷奉行所から戻るのはいつ?」

「わかりませんが、遅くなると思います。下手《へた》したら夜が明けてからになるかもしれません。奉行所付近の湯屋のお座敷で接待を受けている可能性が高いので」

郷奉行所は温泉郷の真ん中に位置しているので、東の端にあるこの湯屋まではある程度の時間もかかるという。

「そうなのね。……実はわかったことがあるのよ」

凛子はまわりをたしかめてから、小声できりだした。ちょうど数人の浴客が薬湯に入ったところで、聞き耳を立てている者はいない。

「なんです?」

白峰が立ち耳をぴくりとうごめかせる。

「あのね、この前の事件に絡んでのことなのだけど——」

凛子はいっそう声を潜めて語りだした。

だれが京之介を陥《おとし》れようとしたのか、凛子には目星がついているのだ。

ほんとうは本人を捕まえて自分の口から問いただしたいところなのだが、その奉公人は、なんと今夜に限って休みを貰っていた。

突き止められた経緯までを含めて、ひと通り話し終えると、白峰はなるほどと納得し、

「では、さっそく旦那様《だんなさま》に手紙で知らせましょう。郷奉行所にも伝わるのでちょうどいい」

筆と墨《すみ》を紙を支度《したく》しながら言う。

「私が書きます」

凛子は筆を貸してもらおうと白峰に手を差し出した。

「お凛殿がですか？　またちゃっかり里帰りするつもりで、別れの手紙も兼ねてですか？」

白峰が墨と半紙も渡しながら疑わしい目を向けてくる。

図星だったのでぎくりとしたが、

「そんなんじゃないから安心して」

凛子はしらをきって手紙をかきだした。

「まさか恋文ですか？　私としては、その手の旦那様が喜びそうなものは極力控えていただきたいのですが」

どういう意味だと突っ込みたくなったが、

「そんなんでもないから安心して」

京之介にはたくさん助けてもらったから、ここを去る前になにかお返しをしたいだけだ。奉公人が捕まれば、事件の真相があきらかになって京之介の無実が晴らされるだろう。この湯屋の名声が守られますように。別れの言葉に換えて、そんな思いを込めて筆を走らせる。

半ばほどまで書いたところで、

「……あいかわらずのミミズぶりですね。旦那様にお見せするのであれば、もっと字をきれいに正しく書いたほうがよろしいかと」

文面を見下ろしていた白峰がチクリと言ってくるが、凛子は「はいはい」と聞き流し、黙って続きをしたためる。

風呂からあがった翔太が身支度を調えるまでのあいだに手紙を書き終えると、さっそく伝達方を呼んで、京之介のもとにも八咫烏を飛ばしてもらった。

3.

「こっちのほうがいいって」

　卯月が、薄紫色の天然石が金の細かな鎖で繋がれたピアスを指さして言った。

「いやいや、私はこちらのほうが華やかでいいと思いますがね」

　頭に皿ののった河伯《かはく》の店員が、金の透かし玉やとんぼ玉を連ね、先端に房飾りがついたピアスを手にして言う。

「これは派手すぎ。おたくは知らないかもしれないが、人間の郷ではみんなふだんは簡素な飾りしかつけてないんだよ、なあ、お凛」

「うーん、人それぞれだけどね。翔太君のお母さんだときっと三〇代くらいだろうから、この梅結びの水引細工《みずひきざいく》のでも素敵かも」

「選択肢《し》がさらに増えましたな」

　店員が苦笑した。

　場所は河の区の温泉街の一角にある宝飾品店である。

　湯屋〈高天原〉を出てから四半刻ほど朧車《おぼろぐるま》を走らせ、翔太の母への土産《みやげ》を買うために、卯月の紹介で宝飾品の店に立ち寄ってみたところ、品数が多く、どれもきらきらとして可《か》愛《わい》らしいものばかりなので目移りしてしまった。

「ぼくはこれが気に入ると思う」

翔太はめのうの勾玉《まがたま》風のピアスを選んだ。

「あはは。全然違うの選んだね、翔太君」

「まあ、息子の意見が一番だろ。それにしとこうぜ」

「夜明けまで時間がないわ。急ぎましょう」

凜子が言って、三人であわただしく店を出た。東の空を仰《あお》ぐと、もうかなり白みはじめていた。意外と時間を食ってしまったようだ。

一行はふたたび朧車に乗り込んで、一路、目的地へと向かう。

ガラガラと回る車輪の音を聞きながら、凜子の胸中は複雑だった。

今から自分は人間界に帰る。京之介には挨拶《あいさつ》のひとつもしていない。そのことが気になっている。彼は今夜、湯屋にいなかったのだから仕方がない。翔太のことを思うと、次のチャンスなんて待っていられないのだし。

何度もそうやって、言い訳みたいに自分の中でくりかえしていた。

朧車に全速力で走ってもらい、無事に人間界へと繋がる地点へと辿《たど》り着いたのは、それから半刻後のことだった。

「ここなの……?」

卯月に続いて朧車を降りた凛子は、外を見回してからけげんそうに言った。

東の空には朝焼けが広がって、今にも太陽が顔を出しそうだが、あたりの景色はまだ群《ぐん》青《じょう》色に染まったままで薄ぼんやりとしている。

ここは右に抜ければ闇の温泉区へ、左に抜ければ郷奉行所に繋がる峠《とうげ》だそうで、数軒の旅籠屋《はたごや》が建ち並んでいた。どれもこぢんまりした宿ばかりだ。中には飯処《めしどころ》と団子茶屋もあった。明け方のせいか、開け放たれた団子茶屋には客がほとんどおらず、がらんとしている。

一番端の比較的大きな旅籠屋の前に、屋形や軒格子がきらきらした豪華な朧車が一台、停まっていた。

「あの霊柩車《れいきゆうしや》みたいなやつ、見たことあるわ……」

以前、闇の温泉区で見かけた、あきらかに賓客《ひんかく》を乗せているとわかる装飾過多の朧車だ。

その旅籠屋の端っこで、猫耳に髭面《ひげづら》の妖が五右衛門《ごえもん》風呂を焚いていた。

「うわあ、見て、凛姉ちゃん。ちっさいお風呂があるよ」

朧車から降りてきた翔太も、人がひとりぎりぎり入れるくらいの、その小さな木桶《きおけ》の風呂釜を見て目を丸くする。

「あれは辻風呂《つじぶろ》ってやつね」

貰《もら》い湯をして、道端のみで営業している簡易湯屋みたいなものだ。温泉街でもちらほら見かけた。

「お客さん、ひとっ風呂浴びてくかい？　湯代はお安くしとくでェ」

辻風呂のおやじが気づいて声をかけてきた。

「おじさんに猫耳って似合わないね」

翔太が小声でささやいてきたので、凛子は噴き出しつつ「そうだね」と返した。

「おまえらも来いよ。これが今回、人間の郷と繋がってる裏道だぜ」

ふりかえった卯月が、目の前の辻風呂を指さして告げた。

「えっ、あんな小さなお風呂が？」

凛子はぎょっとした。

「そ。今回は繋がる時間がごくわずかで、日の出の瞬間のみに限られる」

「日の出の瞬間のみ？」

「ああ。この大きさじゃ、釜の中に入れるのはひとりだけ。つまり、おまえか坊《ぼん》のどっちかしか人間の郷には戻れないってことだ」

「ええーっ」

翔太が顔をしかめ、非難めいた声をあげる。

「逆にひとりだけなら確実に帰れるぜ？」

卯月ははじめからわかっていたようだ。

「足だけでも浸かってれば、ふたりいけるんじゃないの？」

凛子も肩透かしを食らったような心地になりながら問うが、

「異郷に渡るときの仕組みは謎だが、どうやら五感がすべて水に捲《ま》かれることが条件らしいから、体の一部だけじゃ無理だろうな」

「そうなのね……」

希望通りにはいかないと卯月が言っていたのは、こういうことだったからなのだ。

凛子は木桶の風呂釜のそばに歩み寄ってみた。釜の中にはなみなみと湯が張られており、底用の踏板が浮き上がっている。猫耳のおやじが小さな竈《かまど》に薪《まき》をくべて温度調節をしている。湯は、白い湯けむりがもうもうと上がっていて熱そうだ。

「どうするの、凛姉ちゃん……」

となりに来た翔太が不安そうにこちらを仰《あお》ぐ。

「どうしよう……、どう頑張っても、私と翔太君がふたりしてしっかり浸かるには狭すぎるよね」

直径が八十センチくらいしかないのだ。全身を浸《ひた》すことは不可能である。卯月の言う通りに水に捲かれなければ渡れないのだとしたら、せっかくのチャンスだったが、どちらかひとりしか人間界には帰れない。

しかし、こんなに早く、近い場所で繋《つな》がるなんて奇跡に近いのだ。この機会を逃すわけにはいかないだろう。

「入るのか、入らねえのか。どうすんだ、姉ちゃんたちよ？　順番決めて、待ってりゃいいじゃねえの？」

何も知らない辻風呂のおやじがのんきに訊いてくる。卯月も、

「夜明けはすぐだぜ。どっちが入るのか決めろや」

と、予想外の事態に立ちすくんでしまった凛子たちを急《せ》かす。東の空を見ると、山の端が白々と輝きはじめている。たしかにあと少しで夜が明けてしまう。

ところが、

「その風呂に入るのは、お頭《かしら》だよ」

いきなり豪奢《ごうしゃ》な朧車《おぼろぐるま》の方角から女の声がして、凛子はそちらを見た。

現れたのは〈高天原〉の湯女《ゆな》の早緑《さみどり》だ。

「早緑……！　どうしてここに？」

凛子はぎょっとしたものの、内心ありえないことでもないなと思った。

「今日は休みだったから、ちょっとこの辺の湯に入りに来てたのよ」

早緑は肩に流した黒髪をさらりとうち払って、こっちに歩いてきながら答えた。着ているものはもちろん〈高天原〉のお仕着せではなく、桔梗《ききょう》と女郎花《おみなえし》の柄の入った単衣《ひとえ》だ。目つきも湯屋にいるときとは別人のように危うく剣呑《けんのん》になっている。

「お頭とはだれ……？」

凛子は注意深くたずねた。

「あたしを世話してくれてる妖よ。夜道怪《やどうかい》様。〈風間屋《かざまや》〉で見たんでしょう？」

「あの妓楼《ぎろう》にいた遊女は、やっぱりあなただったのね、早緑……」

翔太が教えてくれた奉公人の名は、実はこの早緑だった。ここへは、偶然に来たのではなく、凛子たちが来ることを知っていて先回りしていたのだろう。いよいよ化けの皮が剝《は》がれたかと緊迫感が一気に増した。

「そうよ。あの日はいつ人間の郷へ繋がるかをみんなで話していたのよ。商品を仕入れてこなくちゃいけないからね」

「商品……」

　残酷な響きに、凛子は顔をしかめた。

「人間のことよ。ふふ。あなたたち人間は、一部の妖にとても高く売れるの。お頭はそれで商売をしてるのよ。悪いけど、もうじきあなたたちも、お頭たちにつかまって妖の餌食《えじき》よ」

　早緑が不穏な笑みを浮かべながら、翔太の手から母親へのお土産《みやげ》の包みを取りあげた。翔太が「あっ」と声を上げたが、彼女はそれを地面に落とし、足で踏みつぶしてしまう。

「なにするの、早緑！」

「ママのお土産なのに……！」

　凛子と翔太が同時に叫んだ。が、

「どうせ用無しでしょ？」

　早緑が冷ややかに言って、凛子の腕をつかんだ。

「やっ」

　尖った長い爪が、薄物のお仕着せに食い込んで痛い。とっさに振り払おうとしたが、力は思いのほか強く、凛子はそのまま両腕を胴部にくっつけた状態で縄をかけられ、身の自由を奪われた。縄は呪糸ではなく、ただの麻縄だ。妖力を持たない相手だからか。

「凛姉ちゃんっ」

「なにやらかしてんだ、この女は」

それまで静観していた卯月が、ひとまず翔太を腕で庇《かば》って彼の身の安全を確保した。

「凛姉ちゃん……」

翔太はおののき、目に涙をためて泣きべそをかきだす。

「早緑……、どうしてなの……、いつから夜道怪たちと関わっていたの……。大蝦蟇《おおがま》様ともグルなのよね……?」

早緑が悪事に手を染めているなんて、はじめはちっともわからなかった。お洒落《しゃれ》上手で気立てのよい湯女だと思っていたのに——。

「〈風間屋〉での仕事はもう半年くらいになるかしら。〈高天原〉で働くあたしに、大蝦蟇様が声をかけてきてくださったのよ。廓《くるわ》で働かないかってね。〈高天原〉の俸給は悪くはないけれど、湯女はしょせん湯女。遊女のような華やかさはないわ。それに正直、あそこで人気の湯女になるのはもう無理だって、限界を感じていたの」

厠《かわや》での会話が脳裏《のうり》に甦《よみがえ》る。外見にずいぶんとコンプレックスを抱いているようだった。

「それで大蝦蟇様の後ろ盾があれば、あの妓楼で一旗あげられると思って、ときどき出入りするようになったのよ」

「奉公人たちにとって、人気の湯屋である〈高天原〉で働けるのは誇らしいことなのだと聞いたわ。早緑はそうではなかったの？」

人員募集があれば応募者が殺到し、採用されるのはほんの一握りなのだと、以前、鈴梅《すずうめ》が言っていた。

「あたしだって、郷を出たときは希望に満ち溢《あふ》れてたわ。〈高天原〉の湯女なんて夢みたいだもの。それだけで満足だったわよ。……でもね、だんだん見えてきたのよ。やっぱり自分はほかの湯女たちより劣ってるんだって。あたしだってみんなに認められて、たくさんの上客から指名を貰いたかった。でもあそこにいる限り無理なの。それがはっきりしてた。もっと見た目がきれいだったらうまくいっただろうにね。……だから廓での自分に夢見るしかなくなったのよ」

「夢見るのは自由だが、そこで悪事を働くようじゃ駄目じゃねーか」

卯月が横から突っ込んだ。たしかに、仕事のかけもちと裏切りは別問題である。

「大蝦蟇様やお頭の後ろ盾がなければ、もう夢も見られない状態なのよ」

早緑は捨て鉢《ばち》な口調で言う。まなざしも荒んでいて、ずいぶん追いつめられているふうにも見受けられる。

「だからこんなマネを？　〈月見の湯〉で事件を起こし、京之介さんを陥《おとしい》れたのもあなたたちなんでしょう、早緑」

「おっと、そうなのか。大蝦蟇が嚙《か》まれたあの事件まで？」

卯月が意外そうに目を瞠《みは》る。

「そうよ。〈月見の湯〉で大蝦蟇様を呪糸で縛《しば》ったのはあたし。大蝦蟇様は嚙まれ役で、嚙んだのもあたしらの仲間。あらかじめ、全部仕組まれていたことよ」

「やっぱりね……」

居直られて、凛子は奥歯を嚙みしめる。できればそうでないことを祈っていたが駄目だった。

「凛姉ちゃん……？」

翔太はなにがなんだかわからないまま、うろたえて双方を仰《あお》ぐばかりだ。

「ほんとうは事件のあとにお頭が大蝦蟇様の身柄を引き取って、あたしがひそかに呪糸をほどく手筈《てはず》になっていた。それなのに旦那様《だんなさま》があなたを呼んで無実を証明すると言い出したからまずいことになった」

大蝦蟇は体を張って被害者を演じたわけだが、目が覚めたとき、そこが自分たちの根城ではなく、〈高天原〉であり、目の前にいたのが京之介だったために腰を抜かさんばかりに驚いていたのだ。そして企《たくら》みが発覚した場合には彼の怒りを買うことが目に見えていたのであれほどまでに竦《すく》みあがっていた。

「目的はなんなんだよ。〈高天原〉を中傷するためか……？」

卯月が眉《まゆ》をひそめて問う。

「さあ、そうなんじゃないの？　お頭のお知り合いに頼まれてやったことだから、あたしは知らないわ」

「早緑自身はどうなの。〈高天原〉の評判が落ちてもよかったというの？」

かりにもあの湯屋で働く奉公人のひとりだ。

「あそこがダメになってもあたしには〈風間屋〉があるし」

やさぐれた顔で彼女は言い捨てる。

「そんな恩知らずな……、六年も働いて世話になったんでしょう？」

「旦那様には申し訳ないって思ってるわよ。でももう仕方なかった。気づいたら足抜けできない状態で――……」

早緑は声を詰まらせる。間違ったことをしているという意識はあったようだ。陰で悪さをして生きていくよりも、堅気《かたぎ》でいたほうがいいに決まっている。だが、一度悪に染まってしまうと、よからぬしがらみが生じてそこから抜け出せなくなるのかもしれない。

「そこまでにしておきなさい」

聞き覚えのある野太い男の声が遮《さえぎ》った。

「よけいなことはしゃべらなくていいのだぞ、早緑」

声のほうを見やると、また例のど派手な朧車の向こうから、黒い着物姿の妖がぬっと立ち現れた。

4.

「あっ、こいつだ……、ぼくをここに連れてきたやつだよ……っ」

翔太が卯月の腰にしがみつきながらも、こちらにやってくる妖を指さして叫ぶ。

「お頭……」

味方を得た早緑の顔が、いくらかほっと緩《ゆる》んだようだった。

「これが夜道怪なのね？」

〈風間屋〉の座敷にいた人攫《ひとさら》いの頭領だ。つりあがった眉は太く、ぎょろりとした眼をびっしりと濃い睫毛《まつげ》が覆《おお》った強欲そうな目つきで、ただならぬ邪悪な気配を漂わせている。

「大蝦蟇様……」

夜道怪に続いて、大蝦蟇がむっつりとした顔でやってきた。〈風間屋〉とおなじ面子《めんつ》だ。人攫いに出掛ける夜道怪を見送るために旅籠屋《はたごや》で待機でもしていたのだろうか。

悪党までがやってくるということは、やはりこの辻風呂《つじぶろ》は確実に人間界へ繋がるのだ。

ふたりの背後には、さらにどこから湧いて出たのか、ガラの悪そうな雑多な妖たちがわらわらとやってきた。

夜道怪が皮肉めいた笑みをはいて卯月に言った。

「我々のほかにも裏道の情報を得ている者がいたとはねえ。だが、おかげで逃した魚を捕まえなおす手間が省《はぶ》けた。おまけにもう一匹余分に確保できたとくる。感謝するよ、九尾の狐」

凛子は一瞬、卯月に嵌《は》められたのかと思ったが、見れば彼も舌打ちして歯痒《はがゆ》そうな顔をしているから悪い偶然にすぎないようだ。

「おう、ひさしぶりだな、夜道怪。おまえが仕切ってたのか。最近、ケツに塗る薬を取りに来なくなったがその後、調子はどうだ？」

卯月はやや挑発的に返す。顔見知りではあるらしい。

「まずまずだよ。食い物がすっかり良くなったものでね」

夜道怪は腹を撫《な》で、喉《のど》の奥でくつくつと笑いながら返す。羽振りがいいことを自慢しているようだ。

「ほお。そりゃよかったよ。しかし、おまえが人攫いの首謀者《しゅぼうしゃ》とはなァ、夜道怪。禁猟になってるモノで荒稼《あらかせ》ぎしまくりじゃ、郷奉行がおかんむりだぜ。もうちっとマシな商《あきな》いをしたらどうだよ」

卯月がわりとどうでもよさそうに忠告するが、

「よけいなお世話だな。そこをどいてもらおうか。今から仕入れに出掛けるところなのだよ」

夜道怪は退けとばかりに割れた顎先《あごさき》で辻風呂を示す。

「今夜はえらく繁盛《はんじょう》だな、オイ」

事情がいまいち呑《の》み込めていない辻風呂の猫耳おやじが、とぼけた顔でつぶやく。

「また人間を攫ってくるつもりなの？」

昔は神隠しに遭《あ》ったとか言われていたが、今も行方《ゆくえ》不明になって居所がつかめないままの人間は年間に千人以上いるという。こうして妖に攫われてきたケースもあるのではないか。

「おやおや、こっちの小娘は、どこかで見た顔だと思ったら」と夜道怪は大きな顔をぐっと近づけてきた。

「――おまえは闇の湯屋で会った人の子じゃあないか。たしか〈高天原〉の三代目の嫁御《よめご》寮《りょう》だ」

とっくにわかっていただろうことを、夜道怪はわざと大仰《おおぎょう》に言った。

「闇の湯屋……？」

凛子ははっとした。あの趣味の悪い朧車《おぼろぐるま》を、たしかに闇の湯屋で見た。春先にこの温泉郷に来たとき凛子は、今は亡き沙世《さよ》という人間の女性とふたりで、命を甦《よみがえ》らせることのできるという反魂《はんごん》の湯を訪れた。反魂の湯を沸かすには生きた人間が贄《にえ》になる必要があることが判明し、凛子がその犠牲《ぎせい》にされそうになり――そんな一幕を、高みの見物していた悪党がいたのだ。

「あんた、見ていたのね、あのとき、上の物見席にいたんだ……！」

何人かの妖が、余興として愉《たの》しんでいたのだと京之介が教えてくれた。

「フフ、入道に誘われたのだよ。いい見世物だったのに、〈高天原〉の狗神《いぬがみ》が横槍を入れに来たんだよねえ。あれは非常に残念だったよ」

「なにが残念よ、この悪党がっ」

見物していた妖たちは、早々に姿を消していたが、あのときの一人がこの夜道怪だったのだ。

「どうしよう、もう夜が明けるわ……」

縄をかけられて見動きのとれぬ凛子は、翔太を腕に庇《かば》っている卯月に訴えかける。このままでは人間界に帰ることも叶わず、妖たちの餌食《えじき》になってしまう。

卯月は翔太を片腕に囲ったままこちらにやってこようとしたが、そこで、はっと虚をつかれたようすで足を止めてしまう。

「卯月……？」

「どうした、九尾の狐。三代目になど与《くみ》しても無意味だと、ようやく悟ったのかい」

気づいた夜道怪がにやにやしながら問うが、

「おう、そんなんじゃねえよ。それより、おまえこそ敵に回す相手を間違えたんじゃないのか、夜道怪」

「なんだと？　どういう意味だ？」

調子づいていた夜道怪は片方の太い眉をひそめた。卯月の視線はすでに、夜道怪の大きな図体の向こうにあった。

「うしろを見てみろや」

にやりと笑って卯月が告げた刹那《せつな》、夜道怪の首筋にしゅっと細い刃が飛んできた。

「ううぅ……っ」

夜道怪はうなじから血を噴いて呻《うめ》いた。

「お頭っ」

手下どもにたちまち緊張と動揺《どうよう》が走る。

刃と思ったのは犬神鼠《いぬがみねずみ》だった。それは凛子のもとにも二匹飛んできて、凛子を縛《いまし》めている縄を一瞬で嚙みちぎってくれた。

「オサキ……」

見ると、旅籠屋《はたごや》の並ぶ大路の向こうから京之介が現れた。

「京之介さん！」

凛子は顔を輝かせた。京之介のとなりには与力の征良がおり、六尺棒と御用提灯《ちょうちん》をもった手下の捕手を複数率《ひき》いていた。

「郷奉行所だ。神妙にお縄につけ」

征良が声高に告げると、夜道怪の一味が慌てふためき、蜘蛛《くも》の子を散らすように逃げていく。それを捕手たちが追いかけ、捕らえようとするので乱闘騒ぎに突入した。

罵声《ばせい》と剣戟《けんげき》の音が入り混じる中、山の端から強い陽の光がきらきらとこぼれだし、あたりが白々と明るくなってくる。

夜明けだ。裏道が繫《つな》がるときだ。

「翔太君、おいで。時間がないわ」

身の自由を取り戻した凛子は、卯月に庇われていた翔太の腕を引いた。

「なんてこった、わしの風呂が、どうなってやがるんだ！」

辻風呂のおやじがたまげて目を瞠《みは》る。

「あぁっ、お湯が……」

翔太も風呂釜の中を見て驚愕《きょうがく》する。底板はもはやなくなっていて、湯水がぐるぐると渦巻いて水底に吸い込まれはじめている。

「やっぱり繋がるのね」

凛子の鼓動も高鳴った。この風呂釜の底はこのまま人間界へと繋がる道に変わるのに違いない。

気づいた京之介が乱闘騒ぎを抜け出してこちらにやってきたが、凛子はそれどころではない。

「翔太君、ここに飛び込んで！」

背後から翔太の背を押して促すと、彼も自力で辻風呂の縁に手をついて足から入ろうとするが、

「わ……っ」

湯水の熱さと渦におののき、ためらって縁に座り込んでしまう。

「大丈夫だ。無事に帰れる」

不安げな翔太の背後から、京之介が言った。

そうだ。きっと大丈夫。凛子が来たときもこんなふうだったから。

「翔太君、ママのところへ帰るんだって念じていればいいわ。ちゃんとまたママに会えるの。だから大丈夫だよ」

「凛姉ちゃんは来ないの……っ？」

気づいた翔太が手を伸ばして凛子の腕をつかみにかかるが、凛子はあえなくその手を押し戻した。

「いいから行って」

なにかを考えている暇はなかった。ひとまず、翔太だけは帰してやらねばならない。ずっとそのことが頭にあって、この瞬間も、ただそれだけしかなかった。

「さよなら。元気でね、翔太君」

凛子は風呂釜の縁にあずけられていた翔太のお尻を軽く押した。とにかく時間がない。繋がるのはこの夜明けの瞬間だけなのだ。

「凛姉ちゃん……っ」

叫んだのを最後に、翔太の体は渦巻く湯水の中に浸かり、そのまま無数の水泡とともに風呂釜の底に呑み込まれて異界の地へと渡されてゆく。

翔太は、人間界のどこかで目を覚ますことになる。そして、きっと彼と縁の繋がっただれかが見つけてなんとかしてくれるだろう。もう六歳なのだから大丈夫だ。

ほんの短い間だったたし、まだ小さな子供だけれど、人間の翔太がいてくれて心強かったし、楽しかった。

無事に帰れて、またいつか会えますように――。

凛子は風呂釜の端に手をかけて水嵩《みずかさ》の減った釜の中を覗《のぞ》き込み、祈るような気持ちで釜底の渦を見つめる。

翔太が大量の湯水とともに風呂釜の底に消えたとたん、山の端から、大量の陽の光が一気に溢《あふ》れだした。朝の光の粒子が大地に降り注ぎ、カーテンを開けたときのようにさあっと闇が退いて視界が明るくなる。

「おお、こいつはたまげた。なくなった湯がまた湧いてきたぞ……、いったいどうなってるんだ」

辻風呂のおやじが釜底を見ながら何度も目を瞬いている。翔太とともに異界へと流れた湯水は、ふたたびゆるやかに渦を巻きながらせり戻ってくる。

「貴様ら、いったいどこから嗅《か》ぎつけやがったのだ？」

野太い声に気づいて振り返ると、いつのまにか乱闘は収まり、すっかりと明るくなった旅籠屋の前で、お縄になった夜道怪とその一味がずらりと雁首《がんくび》を揃えていた。

取り逃がした者もいたかもしれないが、総勢二十体ほどだった。その中にはもちろん、大蝦蟇や早緑の姿もあった。

縛《しば》られた夜道怪が、憎々しげに郷奉行所の捕手らを睨《にら》みつけている。

「私が呼んだのよ」

凛子が言うと、一同の視線がざっとこちらに集まった。

「汀様《みぎわ》が〈庵の湯《いおり》〉にいらっしゃったときに気づいたの。あの日、何者かが薬茶の薬材のひとつである大茴香《だいういきょう》を、ひそかにシキミにすり替えていた。大茴香は別名トウシキミといって、シキミとは見た目がとてもよく似ているけれど、シキミは体に異常をきたす猛毒。生薬に詳しい百爺《もんじい》がそれを知らないはずがない。だれかがまた〈高天原〉でひと事件起こすつもりでひそかにすり替えたのだとわかったわ」

大茴香は八角やスターアニスとも呼ばれ、甘く強い香りがあり、中華料理の香辛料として使われる生薬である。

一方のシキミは果実に有毒成分を含有しているので、誤食すると嘔吐《おうと》や意識障害や痙攣《けいれん》を引き起こし、重症の場合は死に至る。

凛子は、あの日、中身が湿気《しけ》ていないかどうかを確かめるために小袋から取り出したときに、刻まれた大茴香であるはずの果実の先端が鋭くとがっていて、毒物のシキミであることに気づいたのだ。

「あの薬部屋に出入りできるのは奉公人のみ。おそらく内部犯行だと考えられた。それで、犯人をあぶり出すために、その薬茶を装《よそお》った偽物のお茶を休憩時間に奉公人たち全員にふるまって飲んでもらったの。大茴香を盛って入れたと強調してね。……なにも知らないみんなはおいしいと言って飲み干してくれたけど、ひとりだけ、それが実は毒物のシキミ入りだと誤解して飲まなかった奉公人がいた。それがあなたよ、早緑」

凛子は縄をかけられ、地べたに座らされた早緑を見やる。

すると、彼女が口惜しげに言った。

「生薬をいじったのはあなただったのね……、だからだれも倒れなくて……、みんなにお茶を飲ませたりして、おかしいと思ってたのよ」

「あのあと、あなたがシキミを入手したという証言も得られたの。わざわざ谷の区のもぐりの薬屋まで足を運んで買ったわね？」

「なぜそれを……」

早緑が苛立《いらだ》たしげに眉根《まゆね》をよせる。

「残念ながら、温泉郷内の薬屋に薬材を卸《おろ》しているのはぜんぶ卯月なの」

凛子の言葉を卯月が継いだ。

「山の区、河の区、海の区、谷の区すべて、おまけにもぐりの薬屋ももれなく元締めはオレ様よ。ついでに妖しい薬を買うやつの名前もすべて店主に把握《はあく》させてんの。なんでかって？　妖しい薬の用途ってのはたいていヤバいもんだから、場合によっちゃ、口止め料をがっぽり頂戴《ちょうだい》することができっからよ？」

「あくどいわね……」と思わず凛子は突っ込みつつ、続けた。

「私はシキミの入手経路から犯人が割り出せないかと卯月に相談してみたの。そうしたら、五日前に、狐耳の橘《たちばな》という女が、谷の区のもぐりの薬屋からシキミを購入したという証言が得られた。調べたら、橘というのはあなたの〈風間屋〉での源氏名《げんじな》でしょう？　それで特定せざるをえなかったのよ。あなたが〈高天原〉を害そうとしている人物なんだって」

それで急ぎ、京之介に、ひいては郷奉行所に伝わるように知らせをやったというわけなのだ。早緑に気取られては尻尾《しっぽ》をつかみ損《そこ》ねるので、湯屋内のだれにも打ち明けずにことを進めた。

京之介が苦々しい顔をしている大蝦蟇を睨み据え、嘆息《たんそく》した。

「大蝦蟇はかなり匂《にお》ったが、まさか身内を抱き込んでやらかしてくれたとは――」

京之介もなにかしら勘づいていたのだろう。だからこそ目を覚まして慌てる大蝦蟇を、冷ややかな表情で見下ろしていた。

「早緑……」

京之介が、うなだれて地べたに正座している早緑の前に立つと、彼女がおののきに身をこわばらせるのがわかった。

「おまえのことは、猫娘や〈鳴海屋《なるみや》〉の太夫《たゆう》からそれとなく聞いていたよ。うちから花街《はなまち》に出入りしている女がいると」

早緑は怯《おび》えたまま、目を伏せる。

「聞け、早緑。……湯女《ゆな》たちは　美しいだけでは客はつかない。たとえついても、中身が伴《ともな》わなければじきに離れていくんだ。だからみな、日々、腕を磨き、妍《けん》を競って必死に努力している。外見が劣る者はその分、中身で勝負せねばならないが、見目の麗《うるわ》しい者も、それに見合った中身を期待されるから、おなじように努力が必要だ。みな、それぞれに苦労がある。妓楼《ぎろう》でもそれはおなじだ。おまえはそのことに気づいていたのに、甘い言葉にそそのかされて悪事に手を染めた。醜《みにく》さなど、理由にはならない。それはおまえが投げやりになって楽をするための逃げ口上《こうじょう》にすぎない。自分に対する甘えだ」

京之介は声音《こわね》をやわらげ、肩を震わせている早緑に向かって続ける。

「たしかに上客からの指名は少なかったが、薬湯にはおまえをアテにしてやってくる常連客が山のようにいたんだよ。気づかなかったのかい？」

優しく問われ、彼女は言葉を失う。

そういえば、白峰が言っていた。馴染《なじ》みの常連客がとても多い湯女なのだと。

「大物の指名客は華やかで、奉公人たちからも注目されるが、日々、小銭を落としてくれる大勢の浴客たちも、我が湯屋にとってはおなじくらい大切なんだ。おまえはそういう幅広い客層に受けるいい湯女のひとりだったのに、残念だよ」

「旦那様《だんなさま》……」

朝焼けを映した早緑の双眸《そうぼう》には、深い悔恨《かいこん》が滲《にじ》んでいた。

その表情は憐《あわ》れではあったが、凛子にはやはり、ほかの湯女と比べて彼女の顔が見劣りするようには見えない。彼女を醜くしていたものがあるのだとしたら、顔ではない。甘い声にそそのかされてしまうその弱さなのだろう。

もっと早くに、傾いた心を変えられる機会に恵まれていたなら、表舞台から去るようなことにはならなかったかもしれないのに――。

「来い」

捕手に命じられ、早緑がのろのろと立ちあがる。

おなじように連行される大蝦蟇と夜道怪が、去り際に京之介を睨み据え、ふんと鼻を鳴らした。

「またしても邪魔をしてくれたな。狗神《いぬがみ》殿よ」

夜道怪が言った。大蝦蟇は小心者のようで怯《おび》えっぱなしだが、夜道怪は怒り心頭なのを必死で抑えているのが血走った目つきでわかる。左うちわで暮らせるはずのところを邪魔されたのだから無理もないか。

「おかげさまで郷奉行に恩を売れた」

京之介はうっすらと笑って返す。あいかわらず、この狗神の立ち位置も微妙だ。

「これも因縁《いんねん》であろうな。貴殿は貴殿で、せいぜいあがいて苦しんでくれたまえよ」

皮肉めいた捨て台詞《ぜりふ》を吐いて、夜道怪が大蝦蟇と共に通り過ぎてゆく。

凛子は眉を寄せる。あがいて苦しむだなんて。まるで京之介にかかった呪いのことを知っているかのようだ。

しかし京之介は相手にせず、連行されてゆく彼らをただ無言で見送る。その表情はいつも以上に落ち着き払っていて、心を読むことはできない。

凛子は釈然としない部分もあるものの、ひとまず一件落着だと割りきった。

朝靄《あさもや》の立ちこめる小径《こみち》を、お縄になった妖たちが列になって引っ立てられてゆく。

彼らは一定期間、郷奉行所に拘留《こうりゅう》されたのちに裁かれるが、罪が重ければそのまま処刑される場合もあるという。温泉郷の秩序を乱すような真似《まね》はしてはならないのである。

いろいろな妖がぞろぞろと歩くさまは、さながら百鬼夜行《ひゃっきやぎょう》絵巻のようだと凛子は思った。

「ありがとう。京之介さん」

凛子が京之介を仰《あお》いで礼を言うと、卯月が横で文句をたれた。

「もうちっと早く来いよ。危うく阿呆《あほう》どもを狐火で丸焼きにするところだったぜ」

「ははっ。それじゃ、お縄になるのはおまえだったな、卯月」

京之介が卯月を笑った。

それから京之介がこちらを見た。

「君はよかったのかい？」

「なにが？」

「帰ったのは翔太だった」

帰らなくてよかったのかと問いたいのだろう。

「いいよ。翔太君はこの郷で生きるには、まだ小さくて大変そうだから。……それに、あっちに私を待つ人はいないけど、翔太君にはママがいる。きっとママが心配して待ってるはずだもの」

　だから、一日でも、一秒でも早く帰してあげたかったのだ。

「オメー、そこは三代目のそばにいたいから残ったって答えとけよ。オレはそんな一幕が見れると期待してここまでついてきたのに」

「なんだか下心がありそうと思ってたら、そこなのね」

　凜子は呆《あき》れてしまった。勝手に期待されても困る。

「ちなみに番頭の白峰が見送りを許したのも、こうなることを読んでいたからなんだぜ」

　ひとりしか帰れないのなら、お凜殿は必ず翔太を優先させるでしょう、このたびは随行《ずいこう》を認めます、と。

「そうなんだ。……なんだか踊らされてたみたいでバカみたい」

　こっちはいろいろと必死だったのだが。

「なんだよ、もしふたり入れたら、おまえは翔太と一緒に帰ってたってことか？」

「そうなのかい、凜子？」

　京之介が、わかりやすくしゅんとして訊いてくるから言葉につまった。

「それは――……」

　凜子はあのとき、一瞬でも翔太に代わって自分が帰りたいと思っただろうか。いや、思わなかった。

ひとりしか帰れないのなら、彼が帰るべきだと思っただけのことで。

では、もしふたり帰れたらどうだったか。

「……わからないわ」

目の前に渦《うず》ができて、あっちに戻れるとなれば、勢いで飛び込んでしまいそうな気がする。でも、こうしてここに残れたことにほっとしている自分がいたりもして——。

やはり、京之介がいるから？

強引にこの温泉郷に連れてこられて結婚させられて、帰ろうとすれば行くなと引き留める。そんな身勝手な相手のために、良心を傷める必要はないのに。

でも、今はもう、助けてもらった恩のほうが大きいのだ。顔を見るとほっとしたり、あたたかな気持ちになったりもする。そんな相手が悲しむようなことはしたくないと思ってしまう。

「お客さんら、そこで立ち話してるくらいなら、ひとっ風呂浴びてけば？」

辻風呂《つじぶろ》のおやじが呑気《のんき》に誘ってくる。

凛子はもう一度、翔太が消えていった風呂釜に視線をうつした。

「翔太君、無事に帰れたかな……」

もう彼は、とっくにあっちの世界に戻ったのに違いない。早く目を覚まして、ママのところまで帰れるといいなと凛子は思う。

京之介と卯月も、おなじように風呂釜を覗《のぞ》き込んできた。

見ると湯水は何事もなかったかのようになみなみと満ちていて、湯気の立ちのぼる湯面が、朝の清々しい風にかすかに揺らいでいるだけだった。

5.

翔太がいなくなって、数日が過ぎた。

凛子は予約の入った〈庵《いおり》の湯〉に薄荷《はっか》の湯をたてた。夏の季節湯はやはりこれだ。

予約客は郷奉行所の征良である。

京之介に用があるとかで湯上がりに茶室のほうで話し込んでいるので、凛子は挨拶《あいさつ》がてら、猫娘の紗良《さら》と一緒にお茶を持っていった。

紗良がついてきたのは、本来こういう仕事はお座敷係である自分たちがすることだと言って譲《ゆず》らなかったからだ。

「なにこれ？　すっきりとしていい香り。でも甘い香りもしてそそられるの」

紗良が盆に載せたお茶から立ちのぼる湯気を嗅《か》ぎながら、うっとりした顔で感想を述べる。

「薄荷とはちみつのお茶なの。薄荷は疲労回復の効果があって体にいいのよ」

薄荷の風味は、小さいころは苦手だったが、大人になるにつれて好きになった。

「お凛ちゃん、見かけによらず物知りなのね。あんな嫌な事件が起きたというのに、お凛ちゃんがうちに戻ってから、一階の薬湯の人気もすごいのよ。ふだん貸し切り湯にしか入らないような上客の方々でも、わざわざ入りに来てるのですって、白峰様が感心していらっしゃったわ」

「そうなんだ。薬草のことはほとんどお母さんに教わったのよ」

みんなに気に入って貰《もら》えたなら嬉しい。

「でも早緑の件はぬけがけしてずるいわよ。わたくしだって旦那様に相談したり、お仕事を抜け出していろいろ探っていたんだからっ」

紗良が頰《ほお》をふくらませてぷりぷりと怒りだした。

「あ、もしかして紗良が営業時間中にふらっといなくなるという噂《うわさ》は、事件について調べるためだったの？」

もしやこの猫娘も犯人の一味かと少し疑っていたが。

「そうよ。わたくしも早緑が怪しいことには気づいていたの。だって大切なお客様を雑魚《ざこ》呼ばわりするような悪い子よ？　おまけに体調不良を理由に早退することも多くて変だったし」

それで本格的に身辺を探ってみたら、どうやら花街《はなまち》に出入りしていることが突き止められたのだという。

「それなのにお凛ちゃんがおいしいところ全部持っていっちゃうからっ」

紗良は鼻息を荒くする。手柄をとられたのが気に入らないらしい。

「ごめんごめん、紗良もいろいろ協力してくれていたのね。でも、京之介さんはちゃんと評価してると思うよ。猫娘たちからも聞いてたと言ってたし」

「あたりまえじゃないのっ、白峰様だって、時間差でしたねって言ってくださったんですからねっ」

「はいはい」

草庵の座敷まで来た凛子は、紗良の文句を聞き流して、「失礼します」と声をかけてから障子戸《しょうじど》を開けた。

中では京之介と湯上がりの征良が向かい合って端座《たんざ》し、話し込んでいた。

「おお、お凛殿。闇にのさばり続ける人攫《ひとさら》いどもを一網打尽《いちもうだじん》にできたこと、郷奉行に代わって深く感謝致す」

征良が凛子に向かって慇懃《いんぎん》に言い、頭を下げる。

「こちらこそ、助けていただいてありがとうございました」

凛子も頭を下げた。おかげで翔太を元の世界に送り出すことができた。凛子は行きそびれてしまったけれど。

「俺からも礼を言うよ、凛子。君のおかげで我が湯屋は汚名返上できた」

京之介が、事件後に出回ったというかわら版を見せてくれた。

〈高天原〉の店主が客である大蝦蟇を嚙《か》んだ事件は、店の中傷を目的にした夜道怪の企《たくら》みによるものであったことが書かれていた。

「よかった。これで京之介さんへの疑いも晴れたわね」

「ああ。ありがとう。お客の信用はお金では買えないからね。……しかし、夜道怪を拷問《ごうもん》にかけても、うちで起きた事件を指図したのがだれであったのかまでは、口を割らなかったそうだ」

京之介が教えてくれた。

「黒幕が別にいるということですか？」

闇の湯屋でも、ほかに何人かの妖が同席していたような口ぶりだった。

「その可能性もないことはないが、夜道怪が己の罪を軽くするために、適当な嘘をついて言い逃れたのかもしれぬ。なにせ、客入りのよい〈高天原〉を妬《ねた》む連中は山のようにいるゆえ、いざとなればどうにでも他者に罪をなすりつけることができる」

しかし具体的な証拠もないので、追及のしようがないのだという。

京之介も征良も、闇の湯屋のときと同様に、どこかあきらめているような印象だった。

凛子の脳裡《のうり》に、ふと狐のお面をかぶった妖の姿がよぎった。あの妖は、捕らえられたのだろうか。顔がわからずじまいだから確かめようもない。

「それはそうと、今宵《こよい》の湯もそなたが立ててくれたとか。まことにいい湯であった」

征良が火照《ほて》った顔でにこやかに言った。

「ありがとうございます。ついでにお茶を淹《い》れてきたの。薄荷とはちみつのお茶よ。おふたりでどうぞ召し上がってください」

紗良が盆に載せてきたお茶を京之介に、凛子が征良の前に置くと、

「ありがたく頂戴《ちょうだい》しよう」

言いながら征良が彼の袂《たもと》に手を入れて、

「お凛殿、こちらを納めてくれ」

手にしたものを凛子にこっそり手渡してくる。お金だ。ずっしりと小銭が連なっている。

上客の中にはときどきこうして心づけを渡してくる者がいる。金額が大きそうなので、こんなに？　と思って目をみひらいたが、せっかくなので「ありがとうございます」と受け取っておいた。

「ちょいと湯代が高すぎやしませんか、与力殿？」

すかさず京之介が突っ込んできた。

「与力様ったら人妻に貢《みつ》いでどうするのぉ？」

やりとりを横目で見ていた紗良も言う。

「な、なにを言うか。これは立派な湯代の一部であるっ」

「凛子も気安く受け取ったらだめじゃないか。密通《みっつう》は大罪だよ？」

「密通じゃないし。……お金は欲しいし」

「お凛ちゃん、正直すぎ」

「三代目よ」

征良が声音《こわね》をあらためてきりだす。

「実は内々にお凛殿の身の上話を聞いた。なんでもそなたらは離縁《りえん》する予定だとか」

凛子はどきりとした。公《おおやけ》にはしていないのに、なぜ知っているのか。

「だれがそんな根も葉もないことを？　俺たちは温泉郷一のおしどり夫婦だよ。ねえ凛子？」

京之介も取り繕《つくろ》うように言って、にっこりと笑いかけてくるが、なんとも白々しい。

「情報屋の卯月だ。以前、そなたが金の話をしながら、お凛殿を脅しているのを見かけて妙だと思ったのだ」

翔太に便乗して人間界に帰るのはダメだよと釘を刺されたときのことだろうか。たしか残金を口にしたのだが、それを聞き逃さなかったようだ。

「そこで薬屋に探りを入れてみたところ、ふたりは離縁する予定であり、お凛殿がその手切れ金をこの湯屋で働いて稼《かせ》いでいるというのを知ったのだ」

「卯月め。あいつのことだから、面白くなりそうとか思って喋《しゃべ》ったのね」

「案ずるな。そなたらにも世間体《てい》というものがあろうから、正式に離縁が決まるまで口外するつもりは一切ない。もちろん父上にも洩《も》らさぬ。某《それがし》の口は龍の鱗《うろこ》よりも堅いので安心してくれたまえ」

「龍の鱗の堅さがわからないんですけど」

「鉄槌《てっつい》で千回打ちつけても穴ひとつあかない強さよ」

紗良が教えてくれた。

「しかしお凛殿、それほどまでに三代目との婚姻を苦にしているのならば、いつでもこの征良が俸禄《ほうろく》を積んで手切れ金を肩代わりし、離縁を成立させて進ぜようぞ」

「ほんとうですかっ？」

凛子が反射的に飛びつく。

思わぬよい反応を見せるので、征良がぽぽーっと頬を赤らめて続けた。

「も、もちろん晴れて離縁が成立した暁《あかつき》には、わ、我が妻の座に収まっていただこうと考えているのだがお凛殿はどう思うか」

「えっ」

「与力様、人妻に求婚とか犯罪～」

紗良が指摘するのと同時に、茶室の障子戸がすぱんと勢いよく開けられた。

「しかも言い方がド直球すぎてひくわ～」

紗良の甘ったるい口調を真似《まね》ながらどかどかと座敷に上がってきたのは、色彩豊かな着物を着た美少女だ。

凛子は一瞬「だれ？」と目を瞠《みは》ったが、

「あら、どこのド派手女かと思ったら薬屋じゃないの」

紗良が見抜いて、白けた口調で言った。

「女だらけの女泉村《にょせんむら》に行商に行った帰りなんだ」

答えるのはたしかに女姿の卯月だ。蠱惑《こわく》的に整った顔は、化けているとわかっていても、ついうっかり見惚《みほ》れてしまう。

「夫婦間の問題をよくぞぺらぺらと喋ってくれたな、卯月」

京之介が、そばにやってきた卯月を責める。が、口ほどでもないようすだ。

「おう。どうせ征良なんか相手にならねーからいいだろ。こんな堅物《かたぶつ》に女が口説《くど》けるわけがねえ」

「なんだと、薬屋め」

征良が吼《ほ》えるのを無視して、

「それよりあの坊《ぼん》がどうなったか知りたくないか？　見せてやろうと思って、こいつを持ってきてやったのよ」

卯月が袂から竹製の望遠鏡のようなものを一本取り出した。見覚えのある小道具だ。

「これは……浮世覗《のぞ》きね！」

いつか翔太にこれでママを見せてあげる約束があった。京之介が住所を聞いているはずだから、彼の無事もこれで確かめればいい。

「ありがとう」

凜子はさっそく卯月からそれを受け取って筒の中を覗いてみた。節でピントを合わせる仕組みになっているが、すでに調節されているようだ。

「坊の母親が、鈴彦姫《すずひこひめ》が売ってる鈴らしきものを鞄《かばん》につけてるんだよな」

事前に京之介から住所を聞き出して、翔太のようすを見たらしい卯月が言う。

「翔太君は無事だったのね？」

「ああ」

「鈴は京之介さんがあげたやつよ。きっとそれを翔太君がママへのお土産《みやげ》にしたんだわ」

土産屋で買ったものは早緑に壊されてしまったから、身に着けていた鈴を代わりに贈ったのだ。

見ると、夜ご飯の時間のようで、翔太がオムライスの載った皿を食卓に運んでいるのが見えた。母親もいる。まだ若い。美容師らしい、垢抜《あかぬ》けた雰囲気《ふんいき》の人だ。キッチンは乱れている。仕事から帰って、あわただしく食事を作ったのだろう。凛子の母もそんな感じだった。子供の空腹を満たしてあげることが、母親の一番大切な仕事だ。

翔太が野菜嫌いだからか、あるいはサラダの代わりか、野菜ジュースを二本持った母親も席について、食事が始まった。オムライスは翔太の好きな食べ物だろうか。笑っている。狭い部屋で、ふたりだけの食卓でも、あたたかい感じがした。

「無事に帰れてよかった……」

凛子はほほえみながら京之介に浮世覗きを渡す。

水琴鈴《すいぎんれい》は、きっとこっちであった出来事をいろいろ話しながら渡されたのだろう。妖を見たことのない大人には理解しがたいだろうけれど、お土産まであるから、少しは信じてもらえただろうか。

望遠鏡の奥の小さな翔太を眺めていた京之介の顔からも、自然と笑みがこぼれる。

「某にも覗かせてもらえないだろうか」

征良が京之介のほうに手を差し出す。

「どうぞ」

「ほら、見てみて」

凛子は京之介から受け取った浮世覗きを、征良に手渡した。

中を覗いた彼は、

「おお、坊が見える。母親と夕餉《ゆうげ》を食べているのか。よく笑っているようでなによりだな」

あまり彼の笑顔を見ることができなかったせいか、ほっとしたようすで言う。

「音まで聞こえるな。今日も風呂にひとりで入ると言っている」

征良が耳を傾けながらつぶやく。

「翔太君、すっかりひとりで入れるようになったんだね」

「妖まみれの風呂にひとりで入れたのだから、家の風呂などどうということはないんだろう」

京之介が言う。卒入浴が叶ったのだ。別れてからどれほども経っていないのに、小さかった翔太がなんだか少し大きくなったように見えた。

しばらくしても征良が感に入ったようすで浮世覗きを離さないので、

「与力様、わたくしにもはやく貸してくださいよぅ」

うずうずしていた紗良がねだる。

「与力は覗きに嵌《は》まったのか？　ピントずらして違う家を覗いてんじゃねーよ？」

卯月が征良にしなだれかかって一緒に覗こうとする。

「おい、薬屋。馴《な》れ馴《な》れしく某にふれるでない」

女姿のせいか、征良が頬《ほお》を少し赤らめながら卯月の肩を押しやる。

「そんなつれないこと言うなよ、征良クン。その昔、オレ様の正体に気づかずうっかり夢中になりかけたことは黙っててやっからよ？」

「思いっきり暴露してるんですけど」

「さっさとわたくしにも見せてったら」

しびれをきらした紗良が、征良のそばまで行って浮世覗きを取り上げた。

終章

七夕《たなばた》の夜。

夜空は雲ひとつなく澄み渡っていて、無数の星が瞬く天の川がくっきりと見えた。

夜も更けて客足がやや落ち着いたころ。

中庭に出てみた凛子《りんこ》は、七夕の笹飾りを眺めている京之介《きょうのすけ》の姿を見つけたので、そばに歩いていった。

「おつかれさん」

京之介が凛子に気づいてほほえんだ。

「きれいね……」

凛子も笹飾りを見上げた。

背の高い笹の木に吊るされた短冊《たんざく》や飾りは、鈴梅《すずうめ》が言った通りほのかに発光している。

青、赤、黄、白、紫の色とりどりの短冊が、ほの青い闇の中で願いを主張するかのように薄ぼんやりと浮かびあがって幻想的だ。吹き流しや綱飾りもささやかな光を放ち、ゆるやかな夜風にさらさらとたなびいている。

客の入りもよく、大湯にはさまざまな妖《あやかし》たちが浸かっていた。世間話に花を咲かせる者、まどろむように浸かっている者、となりの〈玉響《たまゆら》の湯〉の脇でトド寝——トドのように横たわって溢《あふ》れ出る掛け流しの湯を全身に受けて楽しんでいる常連もいる。

「短冊がずいぶんと増えたわ」

奉公人たちだけでなく、浴客の書いた短冊も吊るされているから賑《にぎ》やかだ。

短冊にはさまざまな願い事が書かれていた。『湯めぐりがしたい』とか『青い爪になりたい』とか、中には『天誅《てんちゅう》』とだけ書かれたのもある。

「怖……」

物騒な願い事もあるものだ。

「京之介さんの願い事も、このまえ見たのよ」

凜子が京之介のほうを仰《あお》いで言うと、

「見られてしまったのか」

京之介はやや照れたように笑った。

凜子が早く帰ってきますように。端正な字で、そう書かれていた。どの程度の感情がこもっていたのかはわからないが、自分の帰りを待ってくれている人がいたことが、凛子は単純に嬉しかった。

「ずっと礼を言おうと思っていたんだ。帰ってきてくれてありがとうと」

京之介もこちらを見つめ返して言う。

「あ、それなんだけどね……」

凛子はバツが悪くなって目を泳がせ、いいにくそうに切りだす。

「卯月《うづき》に強引に連れ戻されたんだろう？」

「……知ってたの？」

「ああ。だが、あいつは相手のことを見ていないようで、きちんと見てるから。君の中に戻る意思を見たから連れてきたんだろう。君は優しい人だから、俺の異変を聞きつけておきながら知らぬふりをするような真似《まね》はしなかったよ」

「そうかな……」

たしかに、あのまま京之介を見捨てて向こうに留まったかどうか――。きっとオサキを見るたびに気になって仕方がなかっただろうとは思うけれど、今となってはもうわからない。ただ、翔太《しょうた》を無事に帰してあげられたこともあって、こちらに来たことを後悔はしていない。

「あ」

凛子はふと、目先でゆれる短冊の一端に目をとめた。

ほの赤く浮かびあがるその短冊には、『長生きができますように　汀《みぎわ》』と太い字で書かれている。

「これは、このまえの〈庵《いおり》の湯〉のお客様の願い事ね……」

持病を気にしての願い事だろう。

「ああ、そうだな」

頷《うなず》いたきり、京之介もじっと無言のままそれを見つめている。

長生きできますように。その願いが、京之介にもあることに気づいて、凛子はいたたまれなくなった。

遠い記憶が甦《よみがえ》る。複雑に巻いていた緋色《ひいろ》の呪糸。あのときから、京之介はずっと苛《さいな》まれ続けているのだ。永遠に解《と》けない呪いがあるなんて信じられない。いつもそれに脅《おびや》かされて暮らさなければならないのも、自分だったら耐えられないと凛子は思う。あの組紐《くみひも》ごと、呪いを断ち切ってしまえたら――。

「そんな不安そうな顔をしないでくれ、凛子」

感情を読んだらしい彼が、苦笑しながら言う。

「大丈夫だよ。死ぬといっても、狗神《いぬがみ》の寿命《じゆみよう》はもとが数百年で、君がここまではきれいに呪糸をほどいてくれたから、あと百年くらいは生きられるんだよ。だからこそ、君を妻に娶《めと》った」

「え？」

　凛子は目を丸くした。

「君たち人間は、短命な種族だから、俺が残りの時間を共に過ごすには理想的な相手だと思ったんだ。おまけに女で、死ぬまでにはこの湯屋の跡継ぎも欲しかったから、ちょうどよかったんだよ」

「ちょうどよかっただなんて、なんだか適当ね」

　凛子はむくれた。

「はじめは、ありふれた縁のひとつにすぎなかったという意味さ。その手首に目印をつけて、また迎えに来ると告げたときはまだ、たしかに思いたったばかりでただの御礼代わりだった。だが、君が一人前の娘になるまでの十年間、君が笑ったり、甘いものをたべて喜ぶ顔を遠くから見守るうちに、いつのまにか君を花嫁に迎える日が待ち遠しくて、心から楽しみになっていた。君がもっとそばにいてくれたら、特別な良縁に変わるのにちがいないと――」

「良縁……」

そう確信したのだと京之介は頷く。

「そんなに想ってくれているのなら、京之介さん、どうしてあのとき私を帰してくれたの？」

「里帰りのつもりだったよ？」

「ううん、ほんとうは、そうじゃないんでしょう？」

凛子に意識はなかったけれど、別れ際の態度は決して里帰りに送り出すような雰囲気《ふんいき》ではなかった。もうおしまい。二度と会わないかもしれない。そういう割りきったものを感じたものだ。そうして線を引くことで、彼が彼自身を守っているみたいだった。

「君が選べばいいと思ったんだ」

京之介は、ふたたび七夕飾りを仰《あお》いで言った。

「この郷で暮らすのか、人の世で生きていくか。……あんなにも帰りたがっていたから、答えを出すのにはもう少し時間が必要だと思った。たとえこっちを選ぶにしても、二十年過ごした世界を、たった七日間で捨てられるはずがないんだ。あの郷にまったく未練などなかったはずの俺でさえ、発《た》つときはうしろ髪をひかれた。……だから、君が選択するまで、もう少しだけ待とうと思ったんだ」

「私が、選択するまで……」

凛子の気持ちを汲《く》んでくれたと考えていいのだろうか。

夜風が吹き抜けて、七夕飾りがさわさわと音をたてる。

京之介は凛子を見つめて続けた。

「俺は、君が帰ってくれると信じていた。だが、それがただの願望にすぎないこともわかっていた。だから堪《こら》えきれずに、七日目には犬神鼠《いぬがみねずみ》を遣わした。君が寂しい思いをしているからではなく、俺が君のいない時間を過ごすのが寂しかったからだ。——だが、君は戻ってきてくれて、また俺やこの湯屋のために奔走《ほんそう》し、力を尽くしてくれた」

風が止んで、京之介の表情はやわらいでいた。

凛子もつられて少しはにかんだ。

「お返しをしたいと思ったの。このまえ、元気をくれたから。……ううん、このまえだけじゃない。いつも、助けてもらってばかりだから」

この郷にいるときだけでなく、あの奥出雲《おくいずも》で出会ったときからずっと、オサキを通して支えられていたと思うのだ。恩を返すべきなのは、自分のほうではないのかと。

「ありがとう」

礼を告げる京之介の手が伸びて、そっと凛子の耳朶《じだ》にふれてくる。

「愛《いと》しいと思う相手にふれたり、声が聞こえる距離にいられるのは、幸せなことだよ」

そうあることを祈るかのような目をして、しみじみと言う。

まるで遠くにしかいられなかったことを嘆《なげ》いているみたいに。

そういえば、母とはあまり会えなかったと言っていた。凛子のことも、もっと早く迎えに行けばよかったと悔やんでいると。

きっといろいろあったのだ。故郷の人間界で。あるいはこの温泉郷で。

けれど、京之介が望まないのなら、それらはあえて知らなくてもいいことのように思えた。

京之介の手がおりて、凛子の手をすくうように掴《つか》んだ。

「ずっとここに居てくれる気になったかい？」

顔を覗《のぞ》き込んで問われる。

繋《つな》がれた手は陽だまりのようなぬくもりに満ちていて、凛子はつい、京之介の言いなりになって頷いてしまいそうになった。

おかえり。そう言ってもらえて、嬉しかったのだ。

京之介からのだけでなく、鈴梅やほかの奉公人たちからの言葉もおなじように。

でも、それを今ここで京之介に伝えるのは、なんだか少し悔しい。

もしかしたら本音を読まれているのかもしれないけれど。

「なるわけないわ。頑張って手切れ金を貯めさせていただきます」

凛子はわざとつっぱって返したのだった。

※この作品はフィクションです。実在の人物・団体・事件などにはいっさい関係ありません。

集英社オレンジ文庫をお買い上げいただき、ありがとうございます。
ご意見・ご感想をお待ちしております。

●あて先
〒101-8050　東京都千代田区一ツ橋2-5-10
集英社オレンジ文庫編集部 気付
高山ちあき先生

異世界温泉郷
あやかし湯屋の誘拐事件

集英社
オレンジ文庫

2019年6月26日　第1刷発行

著　者　高山ちあき
発行者　北畠輝幸
発行所　株式会社集英社
〒101-8050東京都千代田区一ツ橋2-5-10
電話【編集部】03-3230-6352
【読者係】03-3230-6080
【販売部】03-3230-6393（書店専用）
印刷所　図書印刷株式会社

※定価はカバーに表示してあります

ISBN 978-4-08-680260-4 C0193